Gabi
In zwe
Elfe

C000091862

GABI RÜTHER

In Zwei Welten

ELFENHERZ

ROMAN

Impressum
Autorin: Gabi Rüther
Covergestaltung©: MONA
www.monawagner.de mit Bildern von Pixabay
Verlag und Druck: tredition GmbH,
Halenreie 40-44, 22359 Hamburg
Erstveröffentlichung: 2020
Copyright © 2020 by Gabi Rüther
ISBN 978-3-347-14971-7
www.in2welten.de

Danksagung

Ein herzliches Dankeschön an mein Lektoren-Team!
Ohne Euch würden meine Bücher niemals meine
Festplatte verlassen! Dass ihr mir seit Jahren die
Treue haltet und mir die Veröffentlichung meiner
Romane ermöglicht, macht mich unglaublich
glücklich!
Fühlt euch geknuddelt und geknutscht♥
Dieses Mal waren dabei:
Funda, Sonja, Saskia, Anne, Heinz, Karin, Sandra,
Silke, Vera und natürlich Georg und mein lieber Herr
Leo

Vielen Dank auch an Mona, die mir diese
wundervollen und einzigartigen Cover entwirft!

Danke an meine Familie, die mich machen lässt, was
ich will und besonders an Georg, auch für sein
„Heute kommt Fußball, geh schreiben."
Ich liebe dich!

… und nicht zuletzt ein riesiges Dankeschön an dich,
dass ich dich in meine zweite Welt entführen darf.

Kapitel 1

Die ersten Strahlen der Wintersonne schienen durch das Blätterdach auf den Waldboden und ließen den Raureif auf Farnen und Blättern wie Diamanten funkeln. Direkt vor einer Steilwand lag eine große Lichtung und feine Nebelschleier zogen darüber hinweg. Am Rand der freien Fläche standen die Häuser der Bewohner von Erigan. Von den Bäumen hingen Strickleitern wie Girlanden herab und bewegten sich sanft im Wind. Erst auf den zweiten Blick erkannte man die Hütten, die hoch oben in den Wipfeln versteckt waren.

Jonadin sah aus dem Fenster und der Anblick von Erigan erwärmte sein Herz. Sein Haus stand etwas abseits von den anderen und so hatte er das ganze Dorf im Blick. Die Hütten, die Baumhäuser und auch die in den Felsen geschlagenen Höhlen.

Zu ebener Erde grub sich die Ratshöhle tief in den Berg. Sie war von Mutter Erde selbst geschaffen worden und seit Anbeginn der Elfenzeit der Sitz des Rates. Darüber befanden sich Wohnhöhlen, die durch Holzbrücken und Leitern miteinander verbunden waren. Efeu rankte sich daran empor und legte einen grünen Vorhang über den schroffen Felsen. Es war so friedlich hier und so ruhig. Bald würde das Dorf erwachen, die Elfen ihrem Tagewerk nachgehen, musizieren, tanzen oder sich gesellig in den warmen Hütten zusammensetzen.

Manchmal wünschte sich Jonadin, einer dieser ganz normalen Elfen zu sein. So viel hatte sich in den letzten Jahren verändert und würde sich ganz sicher noch ändern. Die Elfen hier in Erigan, die von der Existenz der Menschen nichts wussten, lebten fröhlich in den Tag hinein, während Jonadin vor Sorgen bereits graue Haare bekam. Doch sein Volk brauchte Elfen wie ihn. Elfen, die die Menschenwelt nicht ignorierten, sondern sie beobachteten und verstanden und Auserwählte aus dem anderen Volk fanden, die ihnen dabei halfen.

Der Rat und die Beschützer taten mit Hilfe dieser Menschen alles, um die Elfen vor der Entdeckung und Vernichtung zu bewahren.

Diese Zusammenarbeit gefiel jedoch nicht allen Elfen, die von der anderen Welt wussten. Besonders

Jonadins Bruder Kiovan missfiel es, dass menschliche Helfer Gehör beim Rat erhielten. Und auch, dass sich der Rat und die Beschützer mit deren technischen Hilfsmitteln vertraut machten.

Kiovan war ein sehr traditioneller Elf.

Jonadin seufzte. Tradition muss nichts Schlechtes sein, dachte er, doch Ignoranz wird die Elfen vernichten. Sein Volk musste umdenken. Das ließ sich nicht vermeiden. Doch Kiovan verweigerte alles, was mit dem Menschenvolk in Verbindung stand.

Kiovan bewachte das Tor in den Alpen. Als er diese Aufgabe von seinem Vater übernommen hatte, waren er und seine Partnerin Luana durch ein Tor gegangen. So konnten sie Kontakt zu den Wächtern der Menschen aufnehmen, mit denen sie gemeinsam zu den Sonnenwenden darauf achteten, dass niemand versehentlich Zugang zur anderen Welt bekam. Doch Kiovan ignorierte die menschlichen Wächter. Öffnete sich das Tor, standen er und Luana schweigend auf der einen Seite, während die Wächterfamilie auf der anderen es irgendwann aufgegeben hatte, mit den beiden ins Gespräch zu kommen.

Jonadin konnte die Abneigung seines Bruders gegen diese Menschen nicht verstehen. Er kannte die Familie Huber. Josef und Annegret hatte er oft besucht, als er noch auf Reisen war und seine Zeit nicht ganz und gar dem Rat gewidmet hatte. Ihre

Tochter Lea war damals ein aufgewecktes Mädchen gewesen. Mit Jonadins Zustimmung war sie schon als Kind durch das Tor gegangen, denn sie würde die Aufgabe ihrer Eltern als Wächterin einmal übernehmen. Natürlich hätte Jonadin sie auch später hindurchführen können, doch eine innere Stimme hatte ihm gesagt, es wäre genau der richtige Zeitpunkt dafür.

Kiovan hatte getobt, als Jonadin ihm davon erzählt hatte. Es wäre früh genug, wenn die Wächter dem Tod gegenüberstehen würden, hatte er geschimpft. Jeder Mensch, der von den Elfen wusste, wäre einer zuviel. Auch, wenn er noch so jung war.

Und Kiovan tobte auch jetzt, wo der Rat entschieden hatte, dass Pierre Mouton Zugang zur Elfenwelt bekommen sollte.

Mit Hilfe des Franzosen konnten die Beschützer, die ihre Partnerin unter den Menschen gefunden hatten, in beiden Welten leben. Bei den Elfen musste man seine Abstammung nicht nachweisen. Es gab keine Papiere, die belegten, dass man existierte. Bei dem Menschenvolk war das anders.

Bisher hatte der Bann alle Elfen vor der Menschheit verborgen. Doch er war brüchig geworden. Je länger die Beschützer mit ihren Menschenfrauen zusammenlebten, desto weniger schützte sie der Bann.

Ein Phänomen, das Jonadin irgendwann zu ergründen hoffte. Ändern konnte er es nicht und helfen konnte er diesen Männern auch nicht.

Doch Pierre Mouton konnte es. Er war in seiner Welt ein gesuchter Verbrecher. Nicht wegen Mord oder Raub, dann hätte der Rat niemals zugestimmt, ihn aufzunehmen. Er hatte lediglich Bilder gemalt, oder vielmehr abgemalt. So gut, dass kaum jemand einen Unterschied zwischen dem Original und der Fälschung erkennen konnte.

Das Gleiche hatte er auch mit verschiedenen Dokumenten der Menschen gemacht. Und deshalb war er für die Elfen von unschätzbarem Wert. Er konnte für Darian und Sadu Geburtsurkunden, Schulabschlüsse und Ausweise erstellen, so dass es aussah, als wären sie seit ihrer Geburt ein Teil des Menschenvolkes. Das vereinfachte ihr Leben mit ihren Partnerinnen in der anderen Welt erheblich. Und auch Zarek würde irgendwann davon profitieren, wenn der verstockte Elf endlich seinen Gefühlen nachgeben würde.

Das alles war im Rat ausführlich besprochen worden, auch mit Vertretern der Elfen, die den Menschen skeptisch gegenüberstanden. Die meisten konnten überzeugt werden. Doch hätte Jonadins Bruder statt seiner einen Sitz im Rat, würde Pierre

Mouton sicher nicht zur Wintersonnenwende durch das Tor gehen.

Unter Kiovans Verbohrtheit musste sogar sein eigener Sohn leiden. Rion, Jonadins Neffe, wies alle Merkmale eines Beschützers auf und sollte vom Ratsmitglied Barin trainiert werden. Beschützer bewahrten das Elfenvolk vor Gefahren und der Entdeckung durch die Menschen. Dazu mussten sie das andere Volk natürlich sehen können. Doch Kiovan hatte seinem Sohn einen Eid abgerungen, niemals durch eines der Tore zu gehen, das die beiden Welten miteinander verband.

»Dummkopf«, murmelte Jonadin.

»Sprichst du mit mir, oder führst du wieder Selbstgespräche?«, hörte er eine Stimme hinter seinem Rücken.

»Ach, Lea! Entschuldige bitte«, stammelte Jonadin erschrocken und drehte sich um. »Ich habe gar nicht gehört, dass du reingekommen bist.«

»Ich habe drei Mal geklopft!«, wunderte sich Lea, wickelte den Schal von ihrem Hals und zog den dicken Mantel aus. »Mit deinen Elfenohren hättest du mich schon hören müssen, als ich im Gästehaus losgegangen bin!«

Jonadin lächelte entschuldigend.

Wie groß sie geworden ist, dachte er jedes Mal, wenn Lea zu Besuch kam. Jonadin sah immer noch das kleine Mädchen in ihr. Auch wenn sie jetzt über zwanzig Jahre alt war. Eine erwachsene Frau mit scharfem Verstand und einem für die Elfen unschätzbaren Wissen.

Nach der ersten Begegnung von Darian mit Sam, dem Zusammentreffen von Sadu und Alina und dem Schicksal, das Mutter Erde dem dunklen Elfen zugedacht hatte, war dem Rat klar geworden, dass sie Hilfe brauchten. Magie allein reichte kaum mehr aus, um sich vor der Menschenwelt zu schützen. Die Unterstützung der auserwählten Menschen war unverzichtbar und viele Erfindungen ihres Volkes sehr nützlich für die Elfen.

Lea brachte den Elfen den Umgang mit Smartphones und Computern bei. So konnten sie untereinander schneller kommunizieren und sich mit den Auserwählten aus dem Menschenvolk besser verständigen.

Doch Lea konnte diese Geräte nicht nur bedienen, sie verfügte auch über erhebliches Wissen, was den Schutz und den Missbrauch von solchen Dingen anging. Ihre Eltern hatten diese Technik verflucht, da sie als Teenager Stunden vor dem PC verbracht und das Haus nur verlassen hatte, um sich mit anderen Computer-Freaks zu treffen oder im

Wald herumzustreunen. Doch ihr über die Jahre erworbenes Wissen kam nun den Elfen zugute.

Pierre Mouton verschaffte den Elfen Dokumente für ein Leben unter den Menschen. Lea besorgte ihnen eine Identität in ihrer digitalen Welt, die für dieses Volk unverzichtbar zu sein schien.

»Jonadin, du tust es schon wieder«, schmunzelte Lea.

»Was?«

»Komm, ich mach uns mal einen Tee. Wo bist du nur mit deinen Gedanken?«

»Ach, ich weiß auch nicht«, gestand Jonadin.

Er setzte sich an den Küchentisch, während Lea einen Kessel Wasser auf den Herd stellte.

»Alles ändert sich, alles ist im Umbruch und ich habe das Gefühl, es wächst mir über den Kopf. Dieses Ding da …« Er wies mit dem Kopf zu dem Computer, der auf einem kleinen Tisch am Fenster stand. »Es ist mir unheimlich. Genauso wie das hier!« Jonadin griff in die Tasche seiner Kutte und zog sein Handy heraus. »Alles nur Metall und Plastik. Kein Stück von Mutter Erde in ihm!«

»Jonadin«, beruhigte Lea ihn. »Metall ist aus dem Schoß von Mutter Erde. Du brauchst nur etwas Zeit, um dich daran zu gewöhnen.«

Sie stellte zwei dampfende Becher Tee auf den Tisch und setzte sich neben den Elfen. Der machte mit der Hand eine kreisende Bewegung über beide Tassen und sofort kühlte der Inhalt ein wenig ab, so dass Lea direkt einen großen Schluck daraus trinken konnte.

»Warst du heute Morgen schon bei Pierre?«, erkundigte sich Jonadin.

Lea schüttelte den Kopf. »Ich wollte hier erst einmal etwas Kraft dafür sammeln.«

Jonadin sah sie fragend an.

»Ich liebe seinen französischen Akzent, ehrlich«, erklärte Lea. »Aber er ist schon ziemlich anstrengend. Er redet nur über Kunst, selbst wenn er gerade die Papiere für Darian fälscht. Und er hört mir überhaupt nicht zu, wenn ich versuche, ihm etwas über Erigan oder die Elfenwelt zu erklären.«

Jonadin lächelte, während Lea von der schwierigen Verständigung mit Pierre erzählte und ihrem Ärger Luft machte.

»Dieser Mann lebt in einer Welt, zu der es keine Tore gibt. Wenn der Bann für ihn gebrochen ist, werde ich mich um ihn kümmern«, murmelte Jonadin.

»Na, da wünsche ich dir viel Spaß und gute Nerven«, grinste Lea und trank ihren Tee aus. »Wir sehen uns heute Abend, Jonadin. Dann zeige ich dir noch einmal, wie du eine Mail sicher verschicken kannst.«

Jonadin verzog das Gesicht. »Am Nachmittag trifft sich der Rat. Ich weiß nicht, wie lange die Besprechung dauert. Es kann spät werden.«

»Keine Ausreden!«, mahnte Lea lachend und zog ihren dicken Wintermantel an. »Wir sehen uns!«

Kaum hatte sie die Hütte verlassen, eilte Jonadin ihr hinterher.

»Lea, warte, ich hab noch etwas vergessen!«

Lea blieb stehen und blickte sich fragend um.

»Heute Nachmittag kommen Alina und Sadu nach Erigan.«

»Oh, wie schön!«, freute sich Lea. »Ich hab Alina ewig nicht mehr gesehen!«

»Sadu nimmt an der Besprechung in der Ratshöhle teil«, sagte Jonadin. »Wenn du Alina dann besuchst, könntest du mit ihr bitte auch über … du weiß schon, sprechen?«

Jonadin wand sich verlegen, während Lea lächelnd den Kopf schüttelte.

»Na sicher«, seufzte sie. »Ich frage sie. Wir sehen uns dann heute Abend.«

Kapitel 2

»Alina!«

Lea starrte hinauf zum Baumhaus von Alina und Sadu, das in dem Blätterdach kaum zu erkennen war.

»Alina?«, rief sie lauter.

»Lea!« Über dem Rand des Holzbodens der Hütte erschien Alinas Kopf. »Komm hoch!«

Lea ergriff die Strickleiter, kletterte hoch und schon im nächsten Moment lagen sich die beiden in den Armen.

»Sag, wie lange haben wir uns nicht mehr gesehen?«, freute sich Alina.

»Bestimmt ein halbes Jahr«, grinste Lea.

»Was verschlägt dich denn nach Erigan?«, fragte Alina neugierig.

»Ich bringe Jonadin bei, mit dem Computer umzugehen, und leiste Pierre Mouton ein wenig

Gesellschaft, wenn er Fälschungen für Darian und Sadu anfertigt.«

»Das ist total lieb von dir. Wenn Sadu einen Pass hat, können wir endlich mal irgendwo hinfliegen! Er war noch nie außerhalb von Europa unterwegs und es gibt in der Welt so viel zu sehen! Ich bin echt mega froh, dass wir den Franzosen gefunden haben!«

Alina zog Lea mit ins Baumhaus und setzte sich mit ihr auf den Boden. Stühle gab es in Sadus Hütte nicht, nur ein Bett, einen Waffenschrank und eine kleine Waschgelegenheit.

»Wo habt ihr euch denn die letzte Zeit herumgetrieben?«, fragte Lea.

»Heute Morgen waren wir noch im Harz. Schöne Grüße von Darian und Sam.«

»Danke«, freute sich Lea.

Im versteckt gelegenen Dorf der Elfen mitten im Erzgebirge saßen die beiden Frauen zusammen und erzählten sich, was sie seit ihrem letzten Treffen erlebt hatten. Sie brauchten dabei nicht einmal leise zu sein, denn die meisten Elfen hier in Erigan standen unter dem Bann. Und die Beschützer und der Elfenrat, die sie hätten sehen und hören können, trafen sich gerade alle in der großen Ratshöhle.

»Die besprechen sich heute aber lange«, murmelte Alina nach einer Weile, denn Sadu war bereits über zwei Stunden fort.

»Ich glaube, es geht um Zarek und Kim. Die beiden sind für einander bestimmt, aber Zarek hat irgendwie Schiss und hat Kim allein nach Münster fahren lassen.«

»Hab ich gehört. Aber ich weiß gar nicht, durch welches Tor Kim gegangen ist. Gibt's in den Vogesen auch eins?«

»Nee. Sie ist eine Steilwand hinuntergestürzt und hat sich schwer verletzt. Zarek hat sie gefunden, mit seinen magischen Kräften geheilt und danach konnte sie ihn sehen.«

»Durch die Heilung?«, wiederholte Alina erstaunt. »Is ja irre!«

»Na ja«, widersprach Lea schmunzelnd. »Nicht ganz so irre wie bei dir und Sadu!«

Alina kicherte und strich sich mit der Hand ein paar lange Strähnen hinter das rechte Ohr. Diese Bewegung reichte aus, um ihre Haare zu bändigen, denn auf der linken Kopfseite waren sie millimeterkurz und ein abstraktes Muster war hineinrasiert.

»Wo wir gerade beim Thema sind …« Lea grinste. »Jonadin traut sich nicht Sadu zu fragen, aber er will unbedingt wissen, was da zwischen euch passiert ist.

Es ist für ihn ungeheuer wichtig zu erfahren, wie genau der Bann bei dir gebrochen wurde.«

Alina lachte. »Aber ich hab ihm doch schon gesagt, dass wir nur miteinander geschlafen haben!«

»Ja«, grinste Lea. »Aber er fragt sich, ob Sadu vielleicht vorher eine Zauberformel gemurmelt hat. Irgendetwas außer einfach nur …?«

»Sex?«, vollendete Alina den Satz und lachte. »Nein, ganz sicher nicht. Das hätte Sadu mir später erzählt.«

»Aber Jonadin ist schleierhaft, wie ihr euch trotz der negativen Gefühle, die der Bann hervorruft, so nah gekommen seid!«

»Vermutlich ist ihm auch schleierhaft, wie man überhaupt miteinander ins Bett gehen kann«, lachte Alina. »Ich hab Sadu gebeten, mir seine Hand zu geben. Irgendwie musste ich mich ja mit ihm verständigen! Schließlich saßen wir beide in Sams Wohnung fest und ich bin nicht so der schweigsame Typ. Ich hab ihm Fragen gestellt und einmal Händedrücken war Ja und zweimal Nein. Und nachdem wir uns so berührt hatten, war das komische Gefühl irgendwann weg. Es war reiner Zufall. Dann wollte ich wissen, wie er aussieht. Also zumindest wie groß er ist und so. Deshalb hab ich ihn abgetastet. Sein Gesicht, seine Haare und die Arme. Mehr nicht, ich schwöre!« Alina kicherte. »Du kennst Sadu. Sein Körper ist der Hammer, aber da war noch etwas anderes.« Sie stockte und blickte nachdenklich an die Decke. »Es ist schwer zu beschreiben. Wenn du als Teenager komplett verknallt bist und dein Schwarm plötzlich ganz dicht hinter dir steht, dann spielen die Hormone verrückt. Du brauchst ihn gar nicht zu sehen. Allein durch seine Nähe wird dir warm, es kribbelt überall und du hast das Gefühl völlig außer Atem zu sein. Kennst du das?«

Lea nickte und lauschte gebannt.

»So war das bei Sadu. Nur dass ich kein Teenie mehr bin und genau wusste, was ich wollte. Allein seine Nähe zu erahnen und seine Hand zu halten, hat schon ausgereicht. Sowas ist mir vorher noch nie passiert.« Alina grinste und zwinkerte Lea zu. »Dann hat Sam angerufen und wir sind beim Telefonklingeln wie ertappt auseinandergefahren.«

Lea lachte. »Oh mein Gott, da hätte ich gern dein Gesicht gesehen!«

»Ich hätte gern das von Sadu gesehen«, kicherte Alina. »Er hatte damals ja noch nie ein Telefon gehört. Aber egal, danach bin ich dann erst mal einkaufen gegangen und als ich wiederkam, bin ich voll mit Sadu zusammengestoßen. Keine Ahnung, ob er das mit Absicht gemacht hat, meine Schuld war es bestimmt nicht. Mein Knöchel tat ziemlich weh und dann spürte ich, wie er seine Hände draufgelegt hat. Es war echt irre, der Schmerz ließ sofort nach. Na ja, und dann sind seine Finger weiter nach oben gewandert und schließlich lagen wir nackt auf Sams Wohnzimmerteppich. Klingt für mich jetzt auch irgendwie verrückt. Ich meine, er hätte der letzte Arsch sein können, aber ganz ehrlich? Das war meiner Libido in dem Moment so was von Schnuppe!«

»Wow.« Lea schluckte.

»Tja, so war das«, erklärte Alina. »Kein Fluch, kein Bann, keine Zauber, einfach nur Sex. Und danach konnte ich Sadu und die Elfenwelt sehen.«

»Das ist wirklich verrückt«, murmelte Lea und grinste. »Danke, dass du es mir erzählt hast und jetzt überlege ich mir, wie ich das dem lieben Jonadin erkläre.«

∗

Am Abend wartete Lea in Jonadins warmer Hütte auf dessen Rückkehr. Das Feuer knisterte im Kamin, Kerzen leuchteten in den Fenstern und an den Wänden hingen Fackeln. Doch anders als die Flammen im Kamin erloschen sie nie.

Jonadin konnte die Helligkeit allein mit der Kraft seiner Gedanken steuern. Im Moment glommen sie vor sich hin und tauchten den Raum in ein gemütliches Licht. Lea setzte sich auf das Sofa in einer Ecke des Raums und ließ den Blick schweifen. Sie liebte Jonadins Hütte. Überall lagen Stapel von Büchern und alten Schriften herum. Jonadin und die Ratsmitglieder schienen die einzigen Elfen zu sein, die die Vergangenheit ihres Volkes interessierte und die sich um die Zukunft sorgten.

Das Licht der Fackeln flammte auf und Lea lächelte. Jonadin war auf dem Weg nach Hause. Manchmal vergaß sie einfach, welch ungeheure Magie in dem Elfen steckte. Sie kannte ihn von klein auf. Wenn Jonadin zu Besuch kam, brachte er ihr immer kleine Geschenke mit und zauberte für sie. Erst viel später hatte sie erkannt, dass es wirkliche Magie war und keine Kunststücke. Trotzdem konnte sie ihm nicht mit Ehrfurcht begegnen, wie es alle anderen taten. Dafür kannte sie ihn zu lange und er war für sie fast wie ein Familienmitglied.

Als der Elf zur Tür hereinkam, loderten die Fackeln auf.

»Hallo, mein Kind«, rief Jonadin gut gelaunt, warf seinen Umhang auf einen Stapel Bücher und setzte sich zu ihr an den Wohnzimmertisch. »Hast du mit Alina sprechen können?«

»Ja, da war nichts«, erklärte Lea. »Kein Zauber, kein Fluch, keine Manipulation.«

»Sicher?«

»Ganz sicher!«

»Gut«, seufzte Jonadin erleichtert.

Natürlich war es beunruhigend, dass es einen weiteren Weg gab, den Bann zu brechen. Doch detaillierte Schilderungen über Alina und Sadu hätte er im Moment noch viel beunruhigender gefunden.

»Soll ich dir jetzt nochmal zeigen, wie du den Rechner hochfährst und deine Mails verschicken kannst?«, lenkte Lea das Gespräch in eine andere Richtung.

»Ach, lieber nicht«, lehnte Jonadin ab und streckte die Beine aus. »Es war so ein schöner Nachmittag!«

»Ich dachte, du wärst bei einer Ratsversammlung gewesen?«, fragte Lea verwirrt.

»Ja, aber nachdem alles besprochen war, haben wir den einhundertdreiundzwanzigsten Geburtstag von Cordelius gefeiert.« Jonadin strich sich die langen weißgrauen Haare aus dem Gesicht und grinste.

»Du hast getrunken!«, stellte Lea lachend fest.

Für seine Verhältnisse war der sonst so ernste Elf regelrecht ausgelassen.

»Nur ein kleines Gläschen«, beteuerte Jonadin und ließ den Kopf gegen die Lehne sinken. »Lea, wärst du so lieb und machst ein paar belegte Brote? Ich bin zu müde, um aufzustehen.«

»Hast du heute wieder vergessen zu essen?«, tadelte Lea ihn, stand auf und ging in die Küche.

»Nein«, rief Jonadin ihr hinterher. »Aber Rion kommt gleich noch und der hat immer Hunger.«

»Rion? Was will der denn hier?«, fragte Lea abweisend und hielt einen Moment inne.

Lea kannte Rion schon seit Jahren. Allerdings auf eine sehr einseitige Art, da der Elf unter dem Bann stand und sie nicht sehen konnte.

Nachdem sie von Jonadin damals durch ein Tor geführt worden war, hatten ihre Eltern sie jedes Mal mitgenommen, wenn sie das Tor zur Elfenwelt bewachten. Auf der anderen Seite hielten die Elfen Kiovan und Luana Wache und irgendwann hatten sie ebenfalls ihr Kind mitgenommen. Rion war älter als Lea. Bei seinem ersten Besuch am Tor musste er um die zehn Jahre alt gewesen sein. Er war ein hübscher Elfenjunge, doch er hatte vor Angst gezittert. Wer die Menschen nicht sehen konnte, spürte in ihrer Nähe Gefahr und oft Todesangst. Kiovan hatte seinen Sohn vor ihren Augen geschlagen, bis er mehr Schmerz als Angst fühlte. Seit dieser Sonnenwende stand Rion jedes Mal mit hasserfülltem Blick neben seinen Eltern und es dauerte ein paar Jahre, bis er gelernt hatte, seine Furcht nicht zu zeigen.

Als Lea etwas älter war, ging sie oft allein im Wald spazieren. Sie liebte ihren Computer, aber sie liebte auch die Natur. Auf ihren Streifzügen durch die Wälder versuchte sie stets, Abstand zu den Elfen zu halten, damit diese nicht unter dem unheimlichen Gefühl der Bedrohung zu leiden hatten. Doch irgendwann schien Rion ihr absichtlich immer wieder über den Weg zu laufen.

Als würde er sie riechen, tauchte er oft wie aus dem Nichts vor ihr auf. Oder er setzte sich neben sie auf einen Baumstamm, tat als spüre er ihre Anwesenheit nicht und starrte gelangweilt geradeaus. Zuerst hatte sich Lea gefreut, dass er die Angst überwunden hatte. Doch schon bald merkte sie, dass er ihr nur seine Abneigung und Verachtung zeigen wollte. Und je älter er wurde, desto gemeiner wurde er.

Elfen sahen umwerfend gut aus. Und Rion war für Lea unwiderstehlich. Mit fünfzehn hatte sie sich ungewollt in ihn verknallt und war dankbar, dass er sie nicht sehen konnte. Jedes Mal, wenn er ihren Weg kreuzte, wurden ihre Beine zu Pudding und ihr Gesicht bekam die Farbe einer reifen Tomate.

Einmal im Sommer sah sie ihn am See und er musste gewusst haben, dass sie in der Nähe war. Er hatte sich ganz langsam ausgezogen und Lea hatte ihm mit großen Augen dabei zugesehen. Sie hatte weggucken wollen, aber es war einfach nicht möglich gewesen. Rion schien ihren Blick wie ein Magnet anzuziehen. Plötzlich fing er an, hämisch zu lachen, und tauchte mit einem Kopfsprung in den See hinein.

Lea fand seine überhebliche Art zum Kotzen, doch sie konnte sich der Faszination für ihn nicht entziehen. Sie hasste sein selbstgefälliges Lächeln, das er ihr schenkte, wenn sie aufeinandertrafen. Besonders wenn er dabei ständig andere Elfenmädchen im Arm hatte, die sich dann schutzsuchend an ihn schmiegten. Und obwohl er sie nicht sehen konnte, traf sein Blick fast immer genau ihre Augen.

»Lea, bitte«, rief Jonadin und riss sie aus ihren Gedanken. »Rion ist mein Neffe und er hat es nicht leicht. Er ist zum Beschützer geboren und sein Körper fängt an, sich zu verändern. Er ist hier, weil er von Barin ausgebildet wird. Doch dank meines Bruders wird er niemals durch ein Tor gehen und sein eigenes Gebiet bekommen. Ich mache mir wirklich Sorgen um seine Zukunft.«

Mit dem Brotmesser in der Hand blickte Lea von der Küche aus ins Wohnzimmer.

»Und ich mache mir Sorgen um die Elfenfrauen hier in Erigan«, brummte sie.

Kapitel 3

Als es an der Tür klopfte, verschwand Lea in die Küche und Jonadin stemmte sich aus dem Sessel, um zu öffnen.

»Rion, komm rein«, rief er, umarmte seinen Neffen und zog ihn mit ins Wohnzimmer. »Nimm Platz, Junge. Möchtest du einen Schluck von meinem guten Wein?«

»Gern.« Rion setzte sich auf das Sofa und seufzte. »War das heute ein Tag. Die Reise hierher war echt anstrengend. Aber danke nochmal, dass ich bei der Besprechung in der Ratshöhle dabei sein durfte!«

»Keine Ursache«, murmelte Jonadin, der eine Flasche Wein aus einem Wandschrank geholt hatte und sich nun mit dem Korken abmühte.

»Gib her, Onkel Jonadin, ich mach das«, bot Rion an und Jonadin drückte ihm dankbar die Flasche in die Hand.

Mit dem Zeigefinger umkreiste Rion den Flaschenhals und hob zum Schluss in einer geschmeidigen Bewegung den Daumen nach oben. Wie an unsichtbaren Fäden gezogen, presste sich der Korken heraus.

»Hast du deine Magie verloren?«, fragte Rion grinsend und stellte die geöffnete Flasche auf den Tisch.

Jonadin starrte ihn verwirrt an, dann schlug er sich die Hand vor die Stirn.

»Heilige Mutter Erde«, stöhnte er und ließ sich in den Sessel fallen. »Ich hatte für den Moment glatt vergessen, dass ich welche habe.«

»Das ist nicht dein Ernst, Onkel Jonadin«, lachte Rion. »Wie viel hast du mit Cordelius auf seinen Geburtstag getrunken, nachdem ich mit Barin und den anderen Beschützern gegangen bin?«

»Nur einen Schluck!«, behauptete Jonadin und holte drei Gläser. »Vielleicht auch zwei, das weiß ich nicht genau. Aber egal, einer mehr wird schon nicht schaden …«

Er schenkte ein und prostete Rion zu. »Auf das Grün der Bäume und die Unendlichkeit von Mutter Erde!«

»Für wen ist das dritte Glas?«, fragte Rion neugierig, nachdem sie einen Schluck getrunken hatten.

Im nächsten Augenblick saß er stocksteif auf dem Sofa. Er holte tief Luft, schloss die Augen und erschauderte.

»Onkel Jonadin!«, rief er vorwurfsvoll. »Hast du schon wieder diesen Menschen in dein Haus gelassen?«

»Rion, leise«, mahnte Jonadin. »Lea kann dich hören!«

»Ach, diese Bazillenwirtin«, brummte Rion, gerade als Lea mit einem Teller Schnittchen aus der Küche kam.

»Waldschrat!«, zischte sie und knallte die Platte auf den Tisch. »Möge dir der Käse in deinem hübschen Hals stecken bleiben.«

»Lea!«, wies Jonadin sie zurecht.

»Was hat sie gesagt?«, knurrte Rion und sah sich suchend um.

»Nichts«, beschwichtigte Jonadin. »Greif zu mein Junge, du wirst hungrig sein und du Lea, trink einen Schluck Wein mit uns.«

Lea nahm ein Glas und setzte sich in den Sessel, der am weitesten von Rion entfernt stand. Sie mochte ihn nicht, doch sie wollte ihm durch ihre unmittelbare Nähe nicht noch mehr Unbehagen bereiten. Schließlich war er Jonadins Neffe.

Rion griff nach einem der Brote, Lea zog die Beine an und nippte an dem Wein.

Er war noch attraktiver geworden, dachte Lea. Seit über einem Jahr hatte sie ihn nicht mehr gesehen. Die letzten beiden Sonnenwenden hatte sie ihre Eltern nicht begleitet, wenn sie das Tor in den Alpen bewachten. Lea wohnte in einer WG in München und studierte dort an der Technischen Universität Informatik. Den Bachelor hatte sie bereits geschafft und für den Master lernte sie jede freie Minute. Die drei Wochen hier in Erigan waren ihr erster Urlaub seit zwei Jahren.

Wo Rion wohl wohnte? Ob er noch bei seinem herrischen Vater und seiner devoten Mutter lebte? Eine Partnerin hatte er sicher noch nicht, sonst wäre er kaum nach Erigan gekommen, um die Ausbildung zum Beschützer anzufangen.

Und er war ein Beschützer. Das sah man im Moment jedoch erst auf den zweiten Blick. Schon jetzt waren seine Unterarme kräftiger als bei anderen Elfen und seine Beinmuskeln in der engen Lederhose waren nicht nur für den Langstreckenlauf geschaffen.

Rion kaute schweigend und hielt den Blick gesenkt. Er spürte das Gefühl von Beklemmung und Angst in Leas Nähe nach wie vor. Doch er hatte gelernt, es zu ignorieren. Schmerzhaft. Er wusste nicht mehr, wie viele Sonnenwenden sein Vater ihn verprügelt hatte, weil er in Anwesenheit der Hubers seine Furcht nicht verbergen konnte. An Lea hatte er trainiert. Anders als bei anderen Menschen konnte er ihre Nähe spüren, bevor die Gefühle von Angst und Bedrohung eintraten, und sich darauf einstellen. Verwunderlich, dass er nicht schon beim Eintreten in Jonadins Hütte gespürt hatte, dass sie da war.

»Nun, Rion«, unterbrach Jonadin die Stille. »Wie gefällt dir deine Unterkunft bei Barin?«

Rion schluckte den letzten Bissen hinunter und blickte auf, direkt auf die Stelle, an der er Lea vermutete.

»Sie ist perfekt«, antwortete er, ohne den Blick schweifen zu lassen. »Ich habe dort alles, was ich brauche und die Verpflegung von Barins Frau ist legendär. Nichts gegen deine Brote, aber …« Langsam drehte er den Kopf zu Jonadin und lächelte süffisant. »Bei Barin hätte ich noch gedünsteten Fisch, Kartoffeln und Möhren bekommen. Doch ich wollte den Abend gern mit dir verbringen, Onkel Jonadin.«

»Dann soll er die Finger von den Schnitten lassen!«, fuhr Lea auf. »Wenn sie ihm nicht schmecken, bringe ich sie zu Pierre. Der freut sich bestimmt.«

»Kinder!«, rief Jonadin händeringend. »Ich verstehe nicht, wie ihr euch streiten könnt, obwohl du sie weder hören noch sehen kannst. Das ist mir wirklich ein Rätsel!«

»Liegt wahrscheinlich an ihrer miesen Aura«, brummte Rion.

»Nein«, giftete Lea. »Es liegt daran, dass du so ein eingebildetes, arrogantes A… «

»Lea!«, rief Jonadin entsetzt.

»Ich sag jetzt nix mehr«, murmelte sie eingeschnappt und nippte an ihrem Wein.

»Was hat sie gesagt?«, knurrte Rion.

»Nichts!«, wehrte Jonadin ab und wechselte das Thema. »Sag mal, wann geht denn dein Training mit Barin los?«

»Er meint, ich soll erst einmal hier in Erigan ankommen, ein paar Elfen kennenlernen und die lange Reise verdauen. Nächste Woche starten wir dann mit dem Schwert.«

»Das hört sich doch gut an«, freute sich Jonadin. »Hast du damit schon Erfahrung?«

Die beiden Elfen unterhielten sich über die verschiedenen Waffen und das Jagen und schienen Leas Anwesenheit bald völlig vergessen zu haben. Jonadin öffnete eine zweite Flasche Wein, dieses Mal ohne Rions Hilfe, und schenkte allen nach.

Lea hörte die ganze Zeit gespannt zu. Sie kannte Jonadins Alltag, doch den von Rion und den anderen nicht. Mit Pfeil und Bogen bewaffnete Elfen hatte sie schon oft gesehen, doch niemals einen beim Jagen oder beim Umgang mit dem Schwert.

»Hast du mit Kiovan noch einmal über das Tor gesprochen?«, fragte Jonadin jetzt vorsichtig.

Rions Miene verfinsterte sich. »Ich habe es versucht, doch Mutter hatte dann unter seinem Zorn zu leiden. Ich hatte gehofft, du würdest einen anderen Weg finden.«

Jonadin seufzte. »Es tut mir so leid, mein Junge, aber ich kenne keinen.«

Rion ließ den Kopf hängen.

Lea tat er in diesem Moment echt leid. Ein Beschützer, der die Menschen nicht sehen konnte, war wie eine Fliegenklatsche, bespannt mit einem Maschendrahtzaun. Vielleicht gut für einen Zufalls-treffer, aber niemals gut in seinem Job. Bei dem Ge-danken fing sie an zu kichern, was ihr einen wirklich bösen Seitenblick von Jonadin einbrachte.

»Entschuldigung«, murmelte sie und erzählte Jonadin grinsend von ihrem spontanen Vergleich.

»Das ist nicht witzig, Lea!«, tadelte Jonadin sie.

»Was hat sie jetzt schon wieder gesagt?«, rief Rion und sprang auf.

»Beruhige dich, Junge«, bat Jonadin. »Sie ist nur ein Mensch, sie kann sich nicht in deine Lage versetzen.«

»Ach!«, unterbrach Lea ihn spitz. »Ich bin also nur ein Mensch? Ohne mich würden Darian und Sadu wohl kaum einen Facebook-Account haben!«

»Ähm, sie haben was?« Jonadin blickte Lea fragend an, doch die verdrehte nur die Augen und trank einen Schluck Wein. »Wir klären das später«, flüsterte er in Leas Richtung und wandte sich wieder Rion zu.

»Zarek hat Kim die zweite Welt offenbart, weil er ihre schweren Verletzungen geheilt und dabei fast seine ganze Magie auf sie übertragen hat. Doch wir können dich nicht schwer verletzen und von jemand anderem heilen lassen. Deine Magie ist zu stark, du würdest dich sofort selbst heilen.«

»Das wäre auch bestimmt meine letzte Alternative«, brummte Rion und trank sein Glas leer. »Gibt es denn sonst keine Möglichkeit?«

»Nein, leider nicht«, antwortete Jonadin betrübt.

»Er kann es doch wie Alina machen«, murmelte Lea gedankenverloren und unterdrückte ein Aufstoßen. Jonadins Wein war lecker, aber er hatte es echt in sich.

Jonadin blickte ruckartig zu Lea.

»Aber das ist verwerflich!«, stammelte er fassungslos.

»Was ist verwerflich?«, fragte Rion interessiert.

»Nichts, Lea hatte nur eine dumme Idee«, murmelte Jonadin und griff nach der Weinflasche. »Kommt Kinder, einen letzten Schluck noch und dann gehen wir schlafen!«

Rion ließ jedoch nicht locker.

»Sag schon, Onkel Jonadin!«, forderte er. »Was hat sie gesagt?«

»Nun, Junge«, Jonadin räusperte sich und knetete verlegen seine Hände. »Du weißt, wie Alinas Bann mit Sadus Hilfe gebrochen wurde?«

»Ich habe Gerüchte gehört«, grinste Rion. »Sie haben …« Er machte eine eindeutige Bewegung mit den Hüften und lachte. »Stimmt das etwa?«

Jonadin nickte beklommen.

»Das wäre natürlich eine äußerst angenehme Art, den Bann zu brechen«, schmunzelte Rion.

»War ja klar, dass ihm das gefällt«, schnaubte Lea abfällig.

Jonadin ignorierte sie und kaute nachdenklich auf seiner Unterlippe. »Es wäre tatsächlich eine Möglichkeit«, murmelte er. »Aber mal ehrlich, Rion! Würdest du mit einer Frau das Bett teilen wollen, obwohl du nicht weißt, wie sie aussieht?«

Rion zuckte mit den Schultern. »Wenn es mir den Zugang zu beiden Welten ermöglicht? Da denke ich nicht lange nach, klar mach ich das!«

»Heilige Mutter Erde«, keuchte Jonadin und sprang auf. »Ist das dein Ernst?«

Rion grinste gelassen. »Sicher. Außerdem wäre das mal was Neues! Eine Unsichtbare hatte ich noch nie.«

Statt seinem Neffen zu antworten, fuhr Jonadins Kopf zu Lea herum.

»Lea …!«, rief er entsetzt.

Rion hörte in den nächsten Minuten nur Jonadins verzweifelte Versuche, zu Wort zu kommen. Er schien eine hitzige Debatte mit der Menschenfrau zu führen, doch diese verlief sehr einseitig. Das von allen geachtete Ratsmitglied der Elfen mit der größten Magie und dem uneingeschränkten Respekt seines Volkes, kam gegen Lea nicht zu Wort.

Irgendwann schluckte Jonadin schwer und sah wieder zu Rion.

»Was hat sie gesagt?«, fragte Rion.

»Lea kann kaum glauben, dass du dazu bereit wärst«, erklärte er seinem Neffen stockend.

Das waren zwar nicht die Worte, die Lea gewählt hatte, aber dass sie Rion unter anderem einen notgeilen Hengst genannt hatte, der alles besprang, was weiblich war und zwei Beine hatte, wollte er nicht wiederholen.

»Bist du sicher, dass du sie richtig verstanden hast?«, zweifelte Rion grinsend und Jonadin lief rot an.

Er räusperte sich und wandte sich wieder an Lea.

»Kennst du jemanden mit Zugang zu unserer Welt, der das machen würde?«, fragte er vorsichtig.

»Immerhin ist Rion ein attraktiver Mann und sehr erfahren in – ähm – solchen Dingen.«

Rion konnte Leas Antwort darauf zwar nicht hören, aber das Gesicht seines Onkels sprach Bände.

»Bestimmt will sie es selbst gern machen und traut sich nicht, weil sie fett und hässlich ist«, behauptete Rion grinsend.

»Nein, nein, für einen Menschen ist sie recht hübsch, auch wenn sie natürlich nicht so schlank ist, wie … Was?«

Rion sah, wie etwas heftig an Jonadins Kutte zerrte und sein Onkel sah wieder zu dem Nichts auf dem Sessel neben sich.

»Warum macht sie es dann nicht? Ist sie zu feige?«, stichelte Rion und funkelte in die Richtung, in der er Lea vermutete.

»Äh«, Jonadin blickte hilflos hin und her.
»Lea, nein«, rief er jetzt und streckte den Arm aus.

Im nächsten Moment sah Rion erstaunt, wie ihn jemand am Kragen packte und versuchte, aus dem Sessel zu ziehen. Zumindest zerknitterte sein Hemd vor der Brust und zog sich wie von selbst nach oben.

Ein Schauer lief ihm über den Rücken, doch er zuckte nicht einmal zusammen. Vermutlich tat der Alkohol seine Wirkung und verlangsamte seine Reflexe. Rion hatte Leas Näherkommen nicht gespürt, doch er fühlte auch keine Angst. Langsam stand er auf und baute sich in voller Größe vor der für ihn unsichtbaren Frau auf. Er hoffte, ihr direkt in die Augen zu sehen, und setzte ein arrogantes Lächeln auf.

»Willst du mir etwa gleich hier an die Wäsche gehen?«, fragte er provozierend.

An Jonadins Reaktion sah er, dass Lea anscheinend keine Antwort schuldig blieb. Sein Onkel hatte entsetzt die Augen aufgerissen und sein Mund stand offen.

»Jetzt ist es aber genug, Lea!«, rief Jonadin ärgerlich. »Es gibt sicher Schlimmeres in zwei Welten, als eine Nacht mit meinem Neffen zu verbringen!«

Jonadin stockte einen Moment. Hatte er das wirklich laut gesagt? Er würde die nächsten zehn Jahre keinen Tropfen mehr trinken! Doch da er gerade so in Fahrt war, sprach er aus, was ihm durch den Kopf ging.

»Vielleicht kannst du die Entscheidung derjenigen überlassen, die wir fragen werden! Ich kenne nur Alina, Sam, Kim und Annarosa. Doch die sind alle gebunden und Annarosa nun wirklich zu alt für Rion. Aber du kennst doch sicher noch mehr Frauen, für die der Bann gebrochen ist, oder? Rion ist mein Neffe und ich liebe ihn wie einen Sohn. Genauso wie ich dich liebe! Euer beider Wohlergehen liegt mir am

Herzen und ich werde nichts unversucht lassen, damit Rion eine Zukunft als Beschützer in unserem Volk hat.«

Einen Moment lang schien die Zeit still zu stehen. Die Elfen und Lea standen unbeweglich in Jonadins Wohnzimmer und niemand rührte sich. Dann verspürte Rion plötzlich einen harten Schlag gegen seine Brust, verlor das Gleichgewicht und plumpste in den Sessel.

Er sah, wie Jonadins Blick Lea folgte, die wohl auf dem Weg in die Küche war.

Jonadin setzte sich wieder und starrte grübelnd vor sich hin. Rion schwieg. Einen Moment später kam Lea mit einem Zettel in der Hand zurück. Sie stellte sich zwischen die beiden Sessel, in denen Jonadin und Rion saßen, und atmete tief durch.

»Ich bin die Einzige«, sagte sie leise, warf das Papier in Rions Schoß und verließ die Hütte.

»Jetzt haben wir ein Problem«, murmelte Jonadin, als die Tür hinter Lea ins Schloss fiel.

»Nein, ich glaube nicht«, antwortete Rion zufrieden.

»Nicht?«, fragte sein Onkel verwirrt.

Rion hielt grinsend den Zettel hoch. »Ich habe für morgen Abend eine Verabredung!«

Kapitel 4

»Lea, du musst das nicht tun«, sagte Jonadin und konnte ihr dabei nicht in die Augen sehen.

»Ich bin heute Morgen nicht zu dir zum Tee gekommen, um das zu diskutieren«, brummte Lea und trank einen Schluck. »Es ist die einzige Möglichkeit für Rion, damit er nicht zum Gespött der Elfen wird! Ein Beschützer, der die Menschen nicht sieht. Und dann auch noch der Neffe vom Ratsmitglied Jonadin! So wie ich Rion kenne, wird er irgendwann versuchen, seinen Eid zu brechen und doch durch ein Tor gehen. Weißt du, was dann mit ihm passiert?«

Jonadin schüttelte den Kopf.

»Kiovan ist pervers«, schnaubte Lea. »Ich erinnere mich noch, wie er Rion halb tot geschlagen hat, nur weil der Angst vor uns gezeigt hat. Meine Eltern haben deshalb immer großen Abstand zum Tor gehalten, damit ihn unsere Gegenwart nicht so heftig trifft. Geht Rion durch ein Tor, wird es ihn vermutlich umbringen.«

Jonadin nickte beklommen. »Und ich habe keine Macht, diesen Eid rückgängig zu machen.«

»Na, siehst du. Ich bin seine einzige Chance«, brummte Lea.

»Aber«, wandte Jonadin kleinlaut ein, »wäre es denn nicht wünschenswert, wenn zumindest ein kleines Maß an Zuneigung zwischen euch vorhanden wäre? Schließlich ist eine solche Intimität …«

»Das spielt keine Rolle«, schnitt Lea ihm das Wort ab. »Mein Entschluss steht fest und ich möchte nicht mehr darüber reden.«

*

Den ganzen Tag über stand Lea neben sich. Nach dem Morgentee bei Jonadin hatte sie noch ein wenig an der virtuellen Identität von Sadu gebastelt, doch ab Mittag konnte sie sich einfach nicht mehr konzentrieren.

Den Nachmittag verbrachte sie in der Hütte von Pierre Mouton. Der alte Mann redete wie gewöhnlich über Kunst und Kultur und sein weicher französischer Akzent hatte dieses Mal eine beruhigende Wirkung auf Lea. Sie saß in seinem Arbeitszimmer, ließ sich von seinen Worten berieseln und starrte auf die Wanduhr in Pierres Hütte. Sekunde um Sekunde, Minute um Minute und Stunde um Stunde rückte ihre Verabredung mit Rion näher.

Wie ein aufgescheuchtes Huhn flatterte Lea durch die Hütte, die Jonadin ihr für ihren Urlaub hier zur Verfügung gestellt hatte. Viel zu spät war sie von Pierre aufgebrochen und nun räumte sie hastig auf und spülte das Geschirr vom Frühstück weg. Widerstrebend musste sie sich eingestehen, dass sie nur noch ein Nervenbündel war.

Es war nichts Außergewöhnliches dabei, mit einem attraktiven Mann ins Bett zu gehen, den man kaum kannte, beruhigte sie sich. Und den man nicht leiden konnte, fügte sie in Gedanken hinzu. Fünf Minuten Augen zu und durch und Jonadin wäre die Sorge um die Zukunft seines Neffen für immer los. Außerdem lag ihre letzte Beziehung über ein Jahr zurück. Es gab Schlimmeres, als ein bisschen Spaß mit einem Elfen zu haben. Vorausgesetzt Rion hielt dabei die Klappe.

Sie hastete ins Bad, um sich frisch zu machen. Kaum war sie fertig, klopfte es an der Tür. Lea atmete tief durch, straffte die Schultern und öffnete.

»Komm rein«, bat sie Rion und schnaubte gleich darauf unwillig.

Er konnte sie ja sowieso nicht hören.

Rion trat ein und sah sich neugierig um. Das war mit Abstand das merkwürdigste Rendezvous, das er je hatte und es waren unzählige gewesen. In letzter Zeit buhlten die Elfenfrauen nicht mehr so stark um ihn. Vermutlich lag es daran, dass seine Beschützergene hervorbrachen. Sein Vater war fassungslos gewesen, als ihm klar geworden war, dass Rion kein normaler Elf sein würde. Schon schlimm genug, dass seine Familie auserwählt war, die Tore zu bewachen, und so zwangsläufig Kontakt mit Menschen hatte. Kiovan hätte es gern gesehen, wenn das Tor in den Alpen verschwinden würde. Deshalb hatte er nicht vor, einen Nachfolger zu bestimmen. Denn starb ein Wächter, ohne einen Erben zu benannt zu haben, schloss sich ein Tor für immer.

Rions Vater war im Geheimen ein Anhänger Rowians. Wie das ehemalige Ratsmitglied hasste auch Kiovan die Menschen. Bis vor ein paar Jahren war Rowian für die Tore der Elfenwelt verantwortlich gewesen. Doch, statt sie zu bewahren, hatte er versucht, sie zu zerstören, und war dabei über Leichen gegangen. Sein Verrat hatte den Rat tief getroffen und seinen Tod betrauerte niemand, zumindest nicht öffentlich.

Rion atmete tief durch. Er würde zum Beschützer werden, das ließ sich nicht ändern. Doch was wäre das für ein Leben, solange der Bann noch auf ihm lag? Groß, stark und kräftig zu sein, ohne Aussicht darauf eine Partnerin zu finden und nicht einmal in der Lage seinem Volk zu dienen? Sollte ein Mensch ihn auf angenehme Weise vor diesem Schicksal bewahren können, würde er seine Abneigung gegen dieses Volk gern für einen Moment vergessen.

Lea musterte Rion abschätzend. Er wirkte nachdenklich, ein Ausdruck, den sie bei dem eingebildeten Elfen noch nie gesehen hatte. Und er hatte schon seit fünf Minuten kein Wort gesagt.

Ein Ruck ging durch Rion und wie so oft, sah er ihr direkt in die Augen.

Wie macht der das bloß?, dachte Lea und senkte den Blick.

»Ich kann dich zwar nicht hören«, sagte Rion, »aber ich denke, du hast mich gerade freundlich gebeten, Platz zu nehmen.«

Grinsend setzte er sich an den Tisch, lehnte sich lässig auf dem Stuhl zurück und streckte seine langen Beine aus. »Und jetzt möchtest du mir bestimmt etwas zu Trinken anbieten.«

Er schmunzelte, als kurz darauf zwei Gläser auf dem Tisch erschienen. Wenn Lea Dinge trug, waren sie für ihn unsichtbar, aber sobald sie sie losließ, konnte er sie sehen. Aufmerksam beobachtete er, wie aus dem Nichts goldgelber Wein in die Gläser floss. Rion nahm seinen Weinkelch und prostete ihr zu. Lea kicherte, als der Elf dieses Mal ihrem Kühlschrank ein verführerisches Lächeln schenkte.

Rion nippte an dem Getränk und genoss den exquisiten Rebensaft, den sein Onkel selbst kelterte. Als Leas Glas komplett geleert auf dem Tisch erschien, lachte Rion laut.

»Musst du dir etwa Mut antrinken?«, fragte er und trank noch einen kleinen Schluck.

Leas Glas füllte sich wieder wie von selbst und verschwand vom Tisch.

»Ehrlich gesagt, hatte ich nicht damit gerechnet, dass du das hier wirklich durchziehst«, erklärte Rion anerkennend.

Ein Zettel erschien vor ihm auf dem Tisch.

Wir sind nicht hier, um zu reden«, stand dort und amüsiert stellte Rion fest, dass Leas Hand beim Schreiben gezittert hatte.

Als Lea auch das zweite Glas geleert hatte, beugte sich Rion vor.

»Du hast recht, wir sollten anfangen, bevor du zu betrunken bist«, schlug er vor. »Also, wo willst du es haben? Soll ich dich hier auf dem Tisch nehmen, dich im Stehen an die Wand nageln oder hättest du es gern klassisch im Bett?«

Er unterdrückte ein Schaudern, das ihm unheimlich über den Rücken kroch. Bestimmt war Lea ihm gerade sehr nah gekommen und hatte ihm unflätige Verwünschungen entgegengeschrien.

Zu seinem eigenen Erstaunen erregte es ihn, dass sie bereit war mit ihm zu schlafen, obwohl sie ihn unausstehlich fand. Vermutlich tat sie es nur, um Jonadin einen Gefallen zu tun, aber Hauptsache, sie brach den Bann bei ihm.

Die Tür zu ihrem Schlafzimmer schwang auf und Rion folgte ihr.

»Ist ein bisschen dunkel hier, findest du nicht?«, stellte er fest, blickte sich um und grinste. »Ich muss ja schließlich sehen können, ob wir Erfolg haben … später.«

Er ballte die Hände zu Fäusten, rieb die Finger in den Handflächen und öffnete sie wieder. Kleine Flammen tanzten in seinen Händen und Rion blies sie behutsam in Richtung der Fackeln, die an den Wänden hingen. Im nächsten Moment erstrahlte der Raum im sanften Licht des Feuers. Lea starrte Rion mit offenem Mund an. Sie hatte gewusst, dass er magisch begabt war. Aber dass seine Fähigkeiten weit über das Maß der anderen Elfen hinausragten, war ihr nicht klar gewesen.

»Ich hoffe, du bist beeindruckt«, grinste Rion. »Feuer ist die Magie meiner Familie. Ich habe sie von meinem Vater geerbt.«

Lea verdrehte genervt die Augen. Rion stellte sich neben das Bett und vergrub die Hände in den Hosentaschen.

»Du solltest dich zuerst ausziehen. Schließlich kann ich dich ja sowieso nicht sehen«, entschied er.

Lea leistete ihm Folge und auf dem Boden sah Rion nach und nach eine Jeans, ein T-Shirt und ein Paar Socken.

»Deine Unterwäsche«, forderte er und Lea gehorchte zähneknirschend.

Er bückte sich, hob ihren String auf und musterte ihn neugierig.

»Das ist interessant«, murmelte er, schloss die Augen und roch an dem Stoff.

Unvermittelt wurde er ihm aus der Hand gerissen und Rion lachte.

»Hey, ich versuche nur, mich in Stimmung zu bringen«, verteidigte er sich. »Du musst nichts weiter tun, als dich auf den Rücken zu legen und zu genießen, aber ich brauche wenigstens einen kleinen Ansporn.«

Lea knirschte mit den Zähnen. Rion war noch überheblicher, als sie geglaubt hatte. Doch er hatte recht. Um den Bann erfolgreich zu brechen, sollte er in Stimmung sein. Doch von ihr berührt zu werden, war für Rion unangenehm. Lea erinnerte sich an ihr Gespräch mit Alina. Dieses Gefühl verschwand nach einer Weile, wenn der Körperkontakt nicht abbrach und entschlossen legte sie eine Hand auf seine Schulter.

»Also dann«, seufzte sie und strich leicht mit der anderen Hand von seinem Hals abwärts auf seine Brust.

Langsam zog sie die Schnüre, die sein Hemd vorn zusammenhielten, aus den Ösen. Rion überlief ein unangenehmer Schauer und er bekam eine Gänsehaut. Ungläubig starrte er an sich hinab. Die Bänder aus seinem Hemd verschwanden eines nach dem anderen und fielen zu Boden. Dann spürte er Leas warme Hand, die sich auf seine nackte Haut legte. Er zog sein Oberteil über den Kopf, ließ es auf den Boden fallen und atmete tief ein. Es war ein bisschen unheimlich, aber es zeigte auf jeden Fall Wirkung.

»Mach weiter«, forderte er heiser und konnte die Erregung in seiner Stimme kaum unterdrücken.

Er stöhnte leise, als er spürte, wie Leas Finger über seine nackte Brust und seinen Bauch zu seinem Hosenbund glitten. Lea leckte sich die Lippen und schluckte schwer. Rion war wirklich ein Bild von einem Mann. Bei seinem halbnackten Anblick vergaß sie glatt, was für ein Mistkerl er war. Unter der leicht gebräunten Haut zeichneten sich deutlich ausgeprägte Muskeln ab. Seine starken Arme hingen schlaff an seinem Körper herab, doch die Hände hatte er zu Fäusten geballt. Als er jetzt zitternd Luft holte und die Augen schloss, hob sie ihren Kopf und küsste ihn.

Als Rion plötzlich ihre Lippen auf seinen spürte, war er mehr als überrascht. Wie konnte jemand, der so eine scharfe Zunge hatte, so einen weichen, sinnlichen Mund haben? Beim nächsten vorsichtigen Kuss öffnete er die Lippen und lockte sie mit seiner Zunge. Zuerst zögerte sie, doch bald erwiderte Lea seinen Kuss mit einer Leidenschaft, die er bisher bei keiner Elfe erlebt hatte. Jetzt war Rion sicher, dass dieses kratzbürstige Weib tatsächlich mit ihm schlafen würde. Auch wenn er nie geglaubt hätte, dass es eine solche Wirkung auf ihn haben würde. Als sie sich zurückzog, wollte er protestieren, doch die Worte blieben ihm im Hals stecken. Er spürte, wie sie sich an den Schnüren seiner Hose zu schaffen machte und schluckte.

Langsam öffnete Lea die Knoten, die seine Lederhose an der Seite zusammenhielten und fingerte die Bänder heraus. Sie glitt mit den Fingern über seine Brust, griff nach seiner Hand und trat einen Schritt zurück. Wie in Zeitlupe rutschte die Hose an seinen durchtrainierten Oberschenkeln hinab und gab den Blick auf seine Männlichkeit preis.

»Oh mein Gott«, stöhnte Lea und starrte ungeniert zwischen seine Beine.

Sie war von seinem Anblick so gebannt, dass sie sich nicht rühren konnte. Nur gut, dass sie sich auf keinen Fall in ihn verlieben würde.

Rion stand immer noch unbeweglich vor ihr und ein überhebliches Lächeln schlich sich auf seine Lippen.

»Gefällt dir, was ich zu bieten habe?«, fragte er und drückte leicht ihre Hand.

»Ach, sei doch still«, fuhr Lea ihn an, auch wenn er sie nicht hören konnte.

Mal sehen, ob ihm gefiel, was sie zu bieten hatte. Entschlossen führte sie seine Hand zu ihrer Brust und hielt die Luft an. In dem Moment, in dem Rion realisierte, was er berührte, weiteten sich seine Pupillen und Lea lächelte. Oh ja, es gefiel ihm. Doch schon im nächsten Augenblick stöhnte sie lustvoll auf. Rion massierte zärtlich ihren Busen und rieb ihre Brustwarze sanft zwischen Daumen und Zeigefinger. Lea bog den Rücken durch und Rion liebkoste sie mit beiden Händen. Er beugte sich zu ihr herab und leckte über ihre harten Knospen. Lea keuchte, als er begann, an ihnen zu saugen. Wie von selbst fuhr sie mit den Fingern durch seine langen Haare und drückte sein Gesicht an ihre Brust. Vergessen waren Rions Überheblichkeit, all die Gründe, weshalb sie ihn nicht ausstehen konnte. In diesem Moment war er nur der Mann, den sie begehrte, wie noch nie jemanden zuvor. Genüsslich strich sie über seinen muskulösen Rücken und die breiten Schultern.

»Küss mich«, flüsterte sie und hatte längst vergessen, dass er sie nicht hören konnte.

Sie legte ihre Hände an seine Wangen, zog ihn hoch und leckte über seine Lippen. Rion hielt sie in den Armen und drückte sie fest gegen seinen Unterleib. Verheißungsvoll rieb er sich an ihr und Lea glaubte, vor Verlangen zu vergehen.

Seine Zunge drang herrisch in ihre Mundhöhle ein und spielte mit ihrer. Er leitete sie zum Bett und ließ sich sanft mit ihr daraufallen. Mit den Händen streichelte er ihre Brüste und glitt suchend über ihren Körper. Seine Finger fanden ihre feuchte Mitte und entfachten Wellen der Erregung in ihr.

»Heilige Mutter Erde, du bist so bereit für mich«, stöhnte er, legte sich behutsam auf sie und schob mit den Beinen ihre Schenkel auseinander.

Rion ragte über ihr auf und seine stahlharten Muskeln spannten sich an. Mit einem einzigen Stoß versenkte er sich tief in ihr und Lea bäumte sich ihm entgegen. Es schien, als hätte ihr Körper verzweifelt darauf gewartet, Rion endlich in sich zu spüren. Sie liebten sich hart, schnell und intensiv. Er trieb sie höher, als jeder andere Mann vor ihm und Lea vergaß die Welt um sich herum. Sie fühlte nur noch Lust, Verlangen und Leidenschaft, die wie ein Orkan in ihr wirbelten und keinen Platz für etwas anderes ließen. Lea schloss die Augen und gab sich ganz diesen Gefühlen hin. Sie hörte Rions Stöhnen und ihren eigenen Atem, die in gleichem Rhythmus schneller und schneller wurden. Lea schrie, als sich ihre aufgestaute Lust in einer gewaltigen Welle entlud. Wieder und wieder spülte sie durch ihren Körper und ermattet fiel Leas Kopf auf das Kissen. Schwer atmend sank auch Rion auf sie herab.

Nur langsam glitt Lea zurück in die Realität. Sie spürte Rions Körper auf sich, seine warme Haut und seine harten Muskeln.

Lea schluckte, nahm all ihren Mut zusammen und öffnete die Augen.

Rions Gesicht war nur wenige Zentimeter von ihrem entfernt. Er lächelte auf sie hinab und seine Iris schien von innen zu leuchten. Sie hatte die Farbe von dunklem Lapislazuli, mit kleinen goldenen Punkten darin. Sein Blick war warm, voller Leidenschaft und er gab Lea das Gefühl, der Mittelpunkt seiner Welt zu sein. Jetzt verstand sie, warum ihm keine Elfenfrau widerstehen konnte. Rion war makellos, er war perfekt und noch so viel mehr.

»Kannst du mich sehen?«, flüsterte sie, obwohl sie sich die Frage hätte sparen können.

Rion sah ihr tief in die Augen.

»Ja, das tue ich«, antwortete er und das Timbre seiner Stimme ließ Lea angenehm erschaudern.

»Dann sollten wir vielleicht aufstehen?«, schlug sie vor, doch sie machte keinerlei Anstalten, den Elfen von sich zu schieben.

»Nein«, widersprach Rion und strich sanft mit dem Daumen über Leas Lippen. »Noch nicht.«

Er lächelte, beugte sich zu ihr herab und küsste sie zärtlich.

»Morgen kannst du mich wieder hassen«, flüsterte er und begann, sich langsam in ihr zu bewegen. »Aber heute Nacht wirst du mich lieben.«

Kapitel 5

4 Jahre später

Dieser Juni war der wärmste seit Menschengedenken. Nach einem langen, kalten Winter folgte ein kurzer Frühling und schon seit Anfang des Monats kletterte das Thermometer bis an die dreißig Grad Grenze.

Katharina setzte sich draußen auf den Balkon. Die Abendsonne schien warm auf sie herab, unten auf der Straße verklang der Feierabendverkehr und nur vereinzelt hörte man eilige Schritte von Fußgängern auf dem Weg nach Hause.

Katharina schloss die Augen und atmete tief ein.

Soweit sie sich zurückerinnern konnte, gab es keine Zeit in ihrem Leben, in der sie glücklicher gewesen war als jetzt. Fast fünfzig Jahre hatte es gedauert, bis sie endlich erkannt hatte, wer sie war und was sie wollte.

Eigentlich müsste sie ihrem Exmann dankbar sein, dass er sich in die Stimme einer anderen Frau verliebt hatte, die hunderte Kilometer weit weg wohnte und der er noch nie begegnet war. Sie lachte leise. Manche Männer waren wirklich zu dämlich.

Damals jedoch hatte sie nicht gelacht. Es hatte ihr den Boden unter den Füßen weggerissen, sie war fassungslos und wie gelähmt gewesen. Ihr Mann hatte beruflich viel mit einer Niederlassung in Bayern zu tun. Regelmäßig telefonierte er dort mit einer Kollegin. Diese Frau, hatte er ihr todernst erklärt, sei nun die Liebe seines Lebens. Harald hatte Katharina angeboten, in dem gemeinsamen Haus wohnen bleiben zu können, wenn sie es weiterhin sauber hielt und seine Wäsche wusch. Als Ehemann jedoch stände er nun nicht mehr zur Verfügung. Katharina sei für ihn zu alt geworden, zu langweilig und zu spießig. Dass die Frau hinter der Stimme verheiratet war, drei Kinder hatte und wesentlich jünger war als er selbst, war für ihn kein Hinderungsgrund.

Katharina merkte, wie sich ihr Magen vor Wut zusammenzog und sie biss die Zähne fest aufeinander. Sie waren mittlerweile geschieden, doch sie war noch nicht darüber hinweg. Jedes Mal, wenn sie an Harald dachte, kochte es in ihr und am liebsten

hätte sie auf ihn oder irgendetwas anderes eingeschlagen. Zum Glück kamen diese Erinnerungen in
immer längeren Abständen und sie war zuversicht-
lich, dass sie ihn irgendwann vergessen würde.

»Harald? Wer ist Harald?«, war Leas Standard-
frage, wenn Katharina ihr gegenüber ihren Exmann
erwähnte.

Katharina lächelte. Sie war unendlich froh, so eine
gute Freundin gefunden zu haben. Lea arbeitete in
der IT-Abteilung derselben Bank in Göttingen, in der
auch Katharina als Sekretärin beschäftigt war. Beim
Mittagessen in der Kantine hatten sie sich zufällig
getroffen und waren ins Gespräch gekommen.
Katharina war gut zwanzig Jahre älter als Lea. Sie
hätte Katharinas Tochter sein können, trotzdem
hatten sie sich auf Anhieb verstanden. Damals
wohnte Lea noch in einem winzigen Apartment in
der Göttinger Innenstadt, Katharina mit ihrem Mann
in einem Eigenheim etwas außerhalb.

Als Katharina klar wurde, dass es mit Harald keine
Zukunft mehr geben würde, wollte sie nur noch weg
von ihm. Raus aus dem Haus, fort von den
gemeinsamen Freunden und dem Klatsch in dem
kleinen Vorort.

Wochenlang hatte sie gekämpft und versucht, mit
ihm zu reden, doch alles war vergebens gewesen. Sie
hatte nicht gewusst wohin, wollte schon in ein Hotel

ziehen, doch in dieser Situation allein in einem fremden Zimmer zu sitzen, hätte ihr sicher den Rest gegeben.

Also war sie zu ihrer Freundin Lea gefahren. Mit verheultem Gesicht und einem Koffer hatte sie damals vor ihrer Tür gestanden. Lea hatte Katharina sofort bei sich aufgenommen.

Natürlich begann Katharina bald damit, sich eine eigene Bleibe zu suchen. Zwei Frauen auf fünfzig Quadratmetern war keine Dauerlösung, auch wenn das Zusammenleben auf engstem Raum erstaunlich reibungslos funktionierte. Leider war der Wohnungsmarkt in Göttingen, nicht zuletzt wegen der vielen Studenten dort, für Singles eine Katastrophe. Es gab zwar freie Apartments, doch die waren viel zu teuer.

Woche um Woche zog sich die Wohnungssuche hin und bald reifte der Gedanke, sich gemeinsam eine größere Wohnung zu nehmen. Ein bisschen Luxus für sie beide, den man sich allein niemals würde leisten können. Sie sahen sich Wohnungen in den umliegenden kleineren Städten an. Eine besonders schöne fanden sie in Gieboldehausen. Der kleine Ort hatte gut viertausend Einwohner, die Mietpreise waren moderat und bis zur Arbeit waren es nur dreißig Minuten mit dem Auto. Fuhr man eine halbe Stunde in die andere Richtung, war man mitten im Naturschutzgebiet Harz. Als Katharina und Lea die Wohnung dort besichtigten, fiel die Entscheidung leicht. Hier hatte jeder sein Reich mit einem eigenen Bad und sie teilten sich Küche und Wohnzimmer. Sie aßen oft zusammen, hatten die Hausarbeit gerecht aufgeteilt, doch in ihrer Freizeit gingen sie meist getrennte Wege. Katharina meldete sich beim TVG Gieboldehausen an, belegte Zumba-Kurse, spielte Volleyball und war schon bald ehrenamtlich aktiv im Kinder- und Jugendsport. Sie freundete sich mit den Einheimischen an, während Lea eher zurückhaltend war. Sie verbrachte ihre freie Zeit vor ihrem Computer oder fuhr oft an den Wochenenden allein in den Harz. Das Leben hier könnte perfekt sein, wenn da nicht seit ein paar Monaten …

In diesem Moment hörte Katharina das Aufschließen der Wohnungstür.

»Juhu!«, rief Lea. »Abendessen!«

Sie warf den Schlüssel auf die Ablage, kickte sich die Sandalen von den Füßen und trat in die geräumige Küche.

»Ich hab uns was vom Italiener mitgebracht! Einmal Salat Green Garden mit Joghurtdressing für dich und Gallo Verde mit Essig-Öl für mich. Guten Appetit!«

»Du solltest dein Auto bald neu lackieren lassen!«, empfahl Katharina beim Essen. »Sonst fängt es noch an zu rosten!«

»Ich weiß«, seufzte Lea und stocherte in ihrem Salat. »Hast du schon neue Reifen für deinen bestellt?«

Katharina nickte. »Der Wagen ist in der Werkstatt, morgen kann ich ihn wieder abholen. Und ich habe vorhin die Schmiererei an der Wohnungstür entfernt. Hast du das beim Reinkommen nicht gesehen?«

»Oh, sorry! Hab ich gar nicht drauf geachtet«, entschuldigte sich Lea und grinste. »Hatte mich an die blöde Fratze darauf schon fast gewöhnt.«

Katharina lachte, dann wurde sie wieder ernst. »Die Polizei hat noch keine Hinweise gefunden, wer uns hier das Leben schwer macht. Aber ich habe auch den Eindruck, sie geben sich nicht wirklich Mühe.«

Lea schluckte. Sie konnten sich noch so viel Mühe geben, dachte sie. Den Täter würden sie niemals finden. Das Konterfei auf ihrer Wohnungstür war der Kopf einer hässlichen Flugkröte gewesen, den Lack ihres Wagens verzierten Symbole der Elfen. Zeichen von längst vergangenen Elfenfamilien, tief eingeritzt bis auf das Metall. Den Spruch quer auf der Motorhaube konnte jedoch jeder Mensch entziffern.

Die Menschheit ist die Wurzel allen Übels, stand dort.

Ob dieselben Täter auch Katharinas Reifen zerstochen hatten, oder ob dies ein Racheakt von Harald gewesen war, dessen neue Liebe ihn schon wieder verlassen hatte, konnte Lea nicht sagen.

Sie hatte Fotos gemacht und sie dem Elfenrat geschickt. Die Vermutung lag nah, dass es jemand aus dem anderen Volk war. Doch warum richtete sich sein Zorn gegen Lea? Und woher wusste er überhaupt, wo sie wohnte? Jonadin war mehr als beunruhigt. Psychoterror dieser Art hatte es im Elfenreich noch nie gegeben. Natürlich gab es Elfen, die einen Groll gegen die Menschen hegten. Jonadins Bruder Kiovan war längst nicht der Einzige. Viele waren in den vergangenen Jahren durch ein Tor gegangen. Der Rat hatte dies unterstützt, denn so konnte sich sein Volk besser vor der Entdeckung durch die Menschen schützen. Doch die Elfen sahen nun auch den Zusammenhang zwischen der Zerstörung von Mutter Erde und den Taten der Menschen.

Jonadin hatte Lea angeboten, nach Erigan zu kommen, wo sie in Sicherheit wäre. Doch Lea wollte Katharina nicht allein zurücklassen. Im Notfall würde sie sich mit ihrer Freundin im Waldhaus von Annarosa Weichstein mitten im Harz verstecken und auf Hilfe aus Erigan warten. Bis vor einem halben Jahr hatten dort der Beschützer Darian und seine Frau Sam gewohnt. Mittlerweile jedoch hatten sie ein großes Haus am Ortsrand von Schierke. Nach der Geburt ihres zweiten Kindes im Januar war das Waldhaus zu klein geworden und sie kamen nur noch selten her. Sie hatten Lea erlaubt, es für sich zu nutzen. Viele Wochenenden hatte sie dort verbracht, um ungestört Identitäten für York und Lukan im Netz zu stricken.

»Worüber denkst du nach?«, fragte Katharina und riss Lea aus ihren Gedanken.

Lea lächelte gezwungen.

»Es ist jetzt schon zwei Wochen lang nichts mehr passiert. Vielleicht ist der Spuk ja vorbei«, antwortete sie.

Sie hatte das letzte Wort kaum ausgesprochen, als durch das offene Küchenfenster plötzlich etwas ins Haus flog. Erschrocken schrien die beiden Frauen auf und sahen einen Stein, der über den Fußboden kullerte und kurz vor ihnen liegen blieb.
Sie hatten kaum Zeit zu reagieren, als ein weiteres Geschoss dem Stein folgte. Diesmal jedoch war es ein zwanzig Zentimeter großer Feuerball, der mitten auf ihrem Esstisch landete. Hastig sprangen die beiden Frauen auf, stießen dabei die Stühle um und traten eilig zurück. Erschrocken starrte Katharina auf

den Feuerball, der nun begann sich wie ein Pyrokreisel zu drehen. Kleine Funken flogen davon und plötzlich zuckte er wie ein Kugelblitz durch die Küche. Er knallte gegen den Kühlschrank, an die Wand, gegen die Schranktüren und verfehlte Lea nur knapp. Jedes Mal hinterließ er einen brennenden Abdruck und zischte dann ins Wohnzimmer.

Wie gelähmt starrte Katharina ihm hinterher.

»Wir müssen hier raus!«, rief Lea panisch.

Dichter Qualm bildete sich in der Küche und vernebelte die Sicht. Lea zog Katharina hinaus in den Flur, griff geistesgegenwärtig im Laufen nach ihrem Wagenschlüssel und öffnete die Wohnungstür. Sie stieß Katharina in den Hausflur und blickte kurz über die Schulter. Der Feuerball verharrte in der Wohn-zimmertür mitten in der Luft, begann sich plötzlich zu drehen, immer schneller und schneller und raste dann auf sie zu. Lea schrie auf, warf die Tür ins Schloss und während der Feuerball von innen dagegen knallte, rannte sie barfuß mit Katharina die Treppe hinunter zum Hinterausgang des Hauses.

Im Innenhof des Häuserblocks parkte ihr Auto und Lea steckte hastig den Schlüssel ins Schloss. Von der anderen Seite des Hauses aus schallten Rufe zu ihr hinüber.

»Ins Auto, schnell!«, rief sie Katharina zu, die wie festgefroren dastand und sich nicht rührte.

Glas klirrte und Katharina sah fassungslos, wie der Feuerball die Scheibe ihres Badezimmers im zweiten Stock gesprengt hatte und nun lauernd in der Luft schwebte.

»Komm schon!«, schrie Lea und endlich setzte sich ihre Freundin in Bewegung.

Katharina sprang in den Wagen und Lea raste auf die Ausfahrt zu. Im Rückspiegel sah sie, wie der Feuerball ihnen folgte. Doch plötzlich wurde er langsamer, kleiner und im nächsten Moment verglühte er.

Lea trat hart auf die Bremse und starrte ungläubig in den Spiegel. Schwarze Asche rieselte aus der Höhe auf den Betonboden des Innenhofes, während aus dem Badezimmerfenster die Flammen züngelten. Lea erschauderte, legte den ersten Gang ein und zwang sich dazu, ruhig auf die Straße zu fahren. Vielleicht war der Urheber des Fluchs noch in der Nähe? Auf keinen Fall wollte sie seine Aufmerksamkeit auf sich lenken. Das Aufgebot an Menschen und die herannahenden Feuerwehrsirenen hatte den Elfen vermutlich vertrieben. Oder die Elfen?

Egal, dachte Lea, Hauptsache weg von hier. Da sie nicht vor ihrem Haus herfahren wollte, bog sie links ab in Richtung Schierke. Bald hatte sie Gieboldehausen hinter sich gelassen und fuhr durch Rüdershausen und Zwinge auf die B27. Der Weg am

Oderstausee entlang mit den malerischen Bergen des Harzes im Hintergrund vermittelte eine friedliche Atmosphäre. Die jedoch stand in krassem Gegensatz zu der Stimmung im Wagen.

»Wohin fahren wir?«, krächzte Katharina und sah Lea mit angstgeweiteten Augen an.

»An einen sicheren Ort«, antwortete Lea knapp und schaltete die Scheinwerfer ihres Wagens ein.

Die Sonne versank hinter den Bergen und ihr roter Schein verlieh der Landschaft einen feurigen Schimmer.

»Was …?«, setzte Katharina an, doch Lea unterbrach sie.

»Nicht jetzt«, sagte sie, fischte mit einer Hand ihr Handy aus der Hosentasche und wählte Jonadins Nummer.

»Ich bin's«, hörte Katharina sie nach einer Weile sagen.

Leas Stimme klang zittrig und nervös. So hatte Katharina sie noch nie erlebt.

»Meine Mitbewohnerin Katharina Gierke und ich sind auf dem Weg zu Annarosas Waldhaus. Ein Feuerfluch hat unsere Wohnung verwüstet. Ich fürchte, meinen Computer hat es auch erwischt. Was soll ich machen?«

Lea schwieg einen Moment und hörte angespannt zu.

»Okay«, sagte sie schließlich. »Dann warten wir dort auf euch, aber lasst euch nicht zu viel Zeit.«

»Lea, ich verstehe das nicht«, flüsterte Katharina und war den Tränen nahe. »Was geht hier vor?«

»Es tut mir so leid, aber ich kann dir das jetzt nicht erklären«, versuchte Lea, ihre Freundin zu beruhigen. »In drei Stunden kommen Freunde von mir. Dann wird alles gut. Ich verspreche es dir.«

Katharina sah sie eine Weile stumm an, dann murmelte sie: »Du hast gar keine Schuhe an, Lea.«

»Ich weiß.«

Kapitel 6

Mit einem weichen Tuch polierte Rion die Klinge seines Schwertes. Immer wieder sah er zu der Frau hinüber, die in seiner Küche gerade für ihn kochte. Dalari war schön und er konnte sich glücklich schätzen, dass sich eine Elfe wie sie für einen Beschützer wie ihn interessierte. Sie war klein und zierlich und ihre langen blonden Haare fielen in Kaskaden über ihren Rücken. Sie hatte wunderschöne strahlendblaue Augen und volle weiche Lippen. Vor ein paar Jahren hatte er sich die Frauen noch aussuchen können. Doch dann war der Beschützer in ihm erwacht. Er hatte versucht, sich dagegen zu wehren, doch sein Körper gehorchte ihm nicht. Die Frauen bekamen Angst vor ihm, wollten sich nicht mehr von ihm verwöhnen lassen und gingen ihm aus dem Weg. Dalari jedoch hatte ihn auserwählt. Sehr gut möglich, dass seine Aussicht, das nächste Ratsmitglied zu werden, eine nicht unwesentliche

Rolle dabei gespielt hatte. Zwar gab es noch weitere Bewerber für dieses Amt, doch es war kein Geheimnis, dass Rion die besten Chancen hatte.

Dalaris Onkel Rowian war bis zu seinem Tod Mitglied im Rat gewesen. Sein Verrat hatte die Elfen tief getroffen, doch das Schicksal hatte ihn gerichtet. Er hatte Schande über seine Familie gebracht. Würde Dalari eine Partnerschaft mit seinem Nachfolger eingehen, hätten ihre Angehörigen wieder an Ansehen gewonnen. Rion wusste das, doch er konnte nicht wählerisch sein.

»Hat Jonadin heute mit dir gesprochen?«, fragte Dalari beiläufig.

Rion schloss kurz die Augen. Jeden verdammten Abend wollte Dalari wissen, ob einer vom Rat mit ihm geredet hatte.

»Ja, hat er«, antwortete er. »Wir haben noch einmal über die Rettung von Lukan gesprochen.«

»Wie schön«, säuselte Dalari.

Ihre Stimme war hell und klar, wie das muntere Zwitschern der Singvögel an einem frühen Morgen.

»Ich habe dir heute Wildschweingulasch gekocht«, hauchte sie, blickte über die Schulter zu ihm herüber und lächelte verheißungsvoll.

Was für eine Überraschung, dachte Rion und seufzte lautlos. Seit einem halben Jahr wohnte er mit Dalari zusammen und jeden Freitag kochte sie

Wildschweingulasch. Es war wie ein Ritual. Sie nötigte ihn, eine solche Riesenmenge zu essen, dass sie ihm schon fast an den Ohren wieder herauskam. Danach setzte sie sich mit gekreuzten Beinen auf das Bett. Mit dieser Geste zeigten Elfenfrauen ihre Bereitschaft zum Beischlaf an. Dalari tat dies freitags.

Rion würde zu ihr gehen und sie küssen. Ganz sanft nur und ohne Zunge. Wenn er Glück hatte, würde sie sich sogar ausziehen und er dürfte mit seiner Hand über ihre zarte, nackte Haut streichen. Dabei würde sie dann leise stöhnen und seufzen. Ab und zu erlaubte sie ihm, sie zwischen den Beinen zu erregen. Dann endlich würde er sich auf sie legen. Immer darauf bedacht, sich mit den Händen abzustützen, um sie nicht zu zerquetschen. Er würde vorsichtig in sie eindringen. Niemals ganz, dafür war Dalari viel zu zart gebaut.

Es war jedes Mal ein Kraftakt. Vollgefressen seinen massigen Körper in der Schwebe zu halten, seine eigene Lust zu zähmen und trotzdem zu versuchen, in diesem kurzen Moment Befriedigung zu finden. Und zwar am besten bevor Dalari leise »Oh, Rion!« rief und der Akt damit beendet war.
Gerade war Dalari dabei, seinen Teller zum dritten Mal zu füllen.

»Du isst so wenig, mein Herz«, zwitscherte sie betrübt. »Schmeckt es dir etwa nicht?«

»Doch, natürlich, aber ich bin eigentlich ... »

Ein Klopfen an der Tür ließ sie aufblicken.

»Ich gehe schon«, erklärte Dalari, stand auf und öffnete. »Oh! Jonadin, was für eine Ehre!«, rief sie erfreut, als sie das Mitglied des Elfenrates erkannte.

»Hallo Dalari«, grüßte der Elf. »Ich muss dringend mit Rion sprechen. Ist er da?«

»Natürlich, komm herein.« Eilig trat Dalari zur Seite.

Jonadin sah Rion am Tisch sitzen und winkte ihn zu sich.

»Ich brauche deine Hilfe«, sagte er ernst. »Sofort!«

Rion schob den Teller von sich und stand auf.

»Du entschuldigst mich?«, wandte er sich im Vorbeigehen an Dalari, doch er wartete ihre Antwort gar nicht erst ab.

Rion folgte Jonadin, der mit schnellen Schritten durch das Dorf Erigan lief.

»Was gibt es denn so Dringendes?«

»Ein menschlicher Helfer ist in Gefahr und du bist derzeit der einzige Beschützer hier in Erigan. Wir müssen sofort aufbrechen. Der Helfer Theo wartet schon am Rand des Waldes mit dem Wagen auf uns.«

»Okay, warte kurz.«

Jonadin blieb stehen und drehte sich fragend zu Rion herum. Der trat an den Waldrand, steckte sich den Finger in den Hals und erbrach.

»Rion!«, rief Jonadin erschrocken.

»Keine Sorge, alles in Ordnung«, erklärte Rion grinsend und wischte sich den Mund ab. »Dalaris Wildschweingulasch lag mir zu schwer im Magen.«

Sie verließen Erigan und Rion lief leichtfüßig durch den Wald. Jonadin folgte ihm, so schnell er konnte. Als sie Theo endlich erreicht hatten, war er am Ende seiner Kräfte. Kaum saßen die Elfen im Wagen, startete Theo den Motor.

»Wohin fahren wir?«, fragte Rion.

Er hatte Jonadin schon auf dem Weg hierher gefragt, doch der hatte außer Keuchen und Schnaufen keine Antwort geben können. Auch jetzt saß er noch schwer atmend auf der Rückbank.

»Hat Jonadin dir nichts gesagt?« Theo sah kurz zu Rion hinüber.

»Er hat mich von meinem Abendessen fortgezerrt und wir sind sofort losgelaufen.« Mit einem Kopfnicken wies er in Jonadins Richtung und grinste. »Laufen und gleichzeitig Reden ist wohl nichts für Jonadin. Unser Ratsmitglied sollte ein wenig an seiner Kondition arbeiten.«

Theo warf einen kurzen Blick in den Spiegel auf die hintere Sitzbank. Jonadin funkelte ärgerlich zu Rion, war aber immer noch zu kurzatmig, um zu antworten.

»Jonadin hat einen Notruf von einem Helfer bekommen«, erklärte Theo daher. »Irgendjemand drangsaliert ihn, zerstört sein Eigentum und heute hat ein Feuerfluch seine Wohnung verwüstet.«

»Sie«, krächzte Jonadin von hinten.

»Ich werde ihn schon in Sicherheit bringen«, erklärte Rion selbstbewusst.

»Es ist eine Sie«, beharrte Jonadin kurzatmig, doch niemand achtete auf ihn.

»Und wir müssen die Daten retten«, wandte sich Theo an Rion. »Die virtuelle Identität von Lukan ist fast fertig. Hoffentlich ist sie nicht verloren gegangen!«

Rion erstarrte auf seinem Sitz, dann drehte er sich zu Jonadin herum.

»Wer ist es?«, knurrte er.

Jonadin holte tief Luft, bevor er antwortete. »Es ist Lea.«

Kapitel 7

Kiovan stand auf der Anhöhe und gönnte sich eine Pause. Hinter ihm lag die Stadt der verhassten Menschen, vor ihm im Schein der Abendsonne sah er die Berge. Wie sehr hatte er solch einen Ausblick in seiner Jugend geliebt. Die bewaldeten Höhen schienen sich im Wind sanft zu wiegen, der Gesang der Vögel verklang und der Geruch von frischem Grün und Tanne erfreute seine Seele.

Jetzt jedoch zog sich die Straße der Menschen wie eine hässliche Narbe mitten durch Mutter Erde. Tag und Nacht verpesteten ihre Fahrzeuge die Luft. Kiovan verzog das Gesicht. Würde er nur ein Stück weiter in diese Richtung gehen, würden die Abgase und Gifte in seiner Lunge brennen und der Lärm in seinen Ohren schmerzen.

Doch auch aus dieser Entfernung ließ allein der Anblick sein Herz einen Moment lang aussetzen. Hier war sie gestorben. Seine Luana.

Eine Ewigkeit schien es her zu sein, dass er mit seiner Partnerin in dieser Gegend auf Wanderschaft gewesen war. Dabei war gerade mal ein halbes Jahr vergangen. Sie hatten Freunde im Harz besuchen wollen und dazu mussten sie diese Straße überqueren.

Kiovan war vorgegangen, so wie es sich gehörte. Er war der Mann, er bestimmte den Weg, und seine Partnerin folgte ihm in gebührendem Abstand. Wie so oft hatte Luana nicht mit ihm Schritt gehalten und war weit zurückgefallen.

Plötzlich hatte Kiovan einen Schrei gehört. Wie der eines verwundeten Tieres hallte er durch den Wald und er würde ihn sein Leben lang nicht vergessen. Kiovan hatte sich erschrocken umgedreht und nicht begriffen, was seine Augen sahen. Erfasst von einem dieser metallenen Ungetüme wirbelte ein Körper durch die Luft und wurde in den Wald auf der anderen Seite geschleudert. Einen Moment lang war Kiovan wie gelähmt gewesen, dann rief er voller Sorge nach seiner Frau. So schnell er konnte, war er zurückgelaufen, schrie ihren Namen, doch sie antwortete nicht. Kiovan hatte verzweifelt versucht, das Band, das ihn mit seiner Partnerin verband, zu spüren. Doch vergebens.

Ihre Verbindung war nie so stark gewesen wie die anderer Paare. Vermutlich lag es an der geringen Magie, die in Luana wohnte. Ihre Fähigkeiten waren sehr beschränkt. Lediglich in der Wundheilung hatte sie Talent, jedoch auch nur bei Tieren. Sie war nicht einmal in der Lage ihre eigenen kleinen Verletzungen zu heilen.

Kiovan war damals über die Straße gelaufen, vorbei an den schreienden Menschen, die versuchten den Mörder seiner Frau aus seinem zerstörten Fahrzeug zu bergen. Im Vorbeilaufen hatte er all seine Wut in einen Fluch gebündelt und auf diesen Mann gerichtet. Sollten ihn die anderen ruhig aus seinem Wagen ziehen, sein Leben war verwirkt.

Wie auch das Leben von Luana.

Stundenlang hatte er den Wald nach ihr abgesucht. Dann war es zu spät gewesen. Während die Gebeine toter Menschen langsam verfaulten, traten Elfen Mutter Erde kurz nach ihrem letzten Atemzug gegenüber. Je mehr Magie sie besaßen, desto eher fanden sie Ruhe in ihrem Schoß.

Gern hätte sich Kiovan von Luanas sterblicher Hülle verabschiedet, doch sie war eins geworden mit Mutter Erde, ohne dass er ihr die letzte Ehre erweisen konnte.

Kiovan blickte in die untergehende Sonne. Dann straffte er die Schultern und atmete tief durch. Es war an der Zeit, er musste sich beeilen.

Kapitel 8

Langsam fuhr Lea über den unbefestigten Waldweg, der zum Haus von Annarosa Weichstein führte. Der Wagen ruckelte und die Scheinwerfer leuchteten gespenstisch in den dunklen Wald.

Endlich erschien im Lichtkegel ein altes Haus. Es war aus Naturstein gemauert und das Dach mit Schieferplatten gedeckt. Das Haus selbst stand auf einer Lichtung, direkt dahinter lag der dichte Wald. Lea ließ den Wagen laufen, stieg aus und suchte in dem Beet vor dem Haus nach dem Blumentopf mit dem Schlüssel. Sie fand ihn, öffnete die Tür, tastete sich durch das dunkle Haus zum Stromkasten und schaltete das Licht ein.

Schnell lief sie zurück zum Wagen.

»Komm mit rein, dort sind wir sicher«, bat sie ihre Freundin.

Katharina stieg aus und folgte Lea zögernd in die Hütte. Das Haus hatte eine Grundfläche von ungefähr fünfzig Quadratmetern. Katharina sah einen Esstisch mit vier Stühlen, im Dunkeln dahinter lag eine winzige Küche und rechts vom Eingang standen zwei Sessel vor einem alten Kamin. Direkt neben der Eingangstür stand ein Schreibtisch mit einem Laptop, der irgendwie nicht in dieses urige Haus zu passen schien.

Während sich Katharina umsah, verriegelte Lea die Haustür und setzte sich an den Rechner.

»Gibt's hier ein Klo?«, fragte Katharina kleinlaut.

»Hier, diese Tür.«

Lea drehte sich auf ihrem Stuhl herum und wies mit dem Finger darauf.

Katharina nickte und ging ins Bad.

Lea atmete tief durch und rieb sich die Schläfen, während sie die wichtigsten Daten auf einen Stick lud. Nach außen hin wirkte sie ruhig und beherrscht, doch in ihrem Inneren tobte das Chaos. Sie konnte nicht fassen, dass sie vor einem Elfenfluch hatte fliehen müssen, der ihr ganzes Hab und Gut innerhalb von Minuten vernichtet hatte. Das war nicht real! Warum hatte man es auf sie abgesehen?

Bisher hatte sie nicht wahrhaben wollen, dass Elfen hinter den Attacken auf ihr Auto und ihre Wohnungstür standen. Es hätte auch ein verwirrter

Helfer sein können. Doch kein Mensch konnte einen Feuerfluch aussprechen. Das war eindeutig Elfenwerk!

Der Stick blinkte auf, die Daten waren gesichert und Lea schob ihn tief in ihre Hosentasche. Hoffentlich kam Jonadin bald. Von Erigan aus brauchten sie etwas mehr als drei Stunden. Sie schaute auf ihr Handy. Die Fahrt hierher hatte eine gute Stunde gedauert. Sie rief Jonadin an und erzählte, dass sie heil in Annarosas Haus angekommen waren.

Der Helfer Theo sei mitgekommen und ein Beschützer, erklärte Jonadin und laut Theo wären sie in knapp zwei Stunden bei ihnen.

»Sei unbesorgt, Lea«, beruhigte Jonadin sie. »In dem Haus seid ihr sicher. Außer dem Rat und den Beschützern weiß niemand davon.«

Lea hörte die Toilettenspülung und beendete das Gespräch, als Katharina aus dem Bad zu ihr kam. Ihre Freundin blickte sich verunsichert um und knetete nervös ihre Hände.

»Machst du in deiner Freizeit irgendwas Kriminelles?«, fragte sie vorsichtig.

»Nein!«, rief Lea entsetzt. »Ich helfe nur … ich … bitte vertrau mir«, stieß sie hervor. »Ich verspreche, ich werde dir später alles erklären!«

Katharina nickte, dann grinste sie.

»Weißt du, ich glaube, ich sitze in irgendeinem merkwürdigen Traum fest. Und Morgen, wenn der Wecker klingelt, erzähle ich dir beim Frühstück eine verrückte Geschichte!«

Lea schluckte. Vielleicht war das für den Moment sogar die beste Erklärung?

»Dann leg dich doch jetzt etwas hin«, empfahl sie ihrer Freundin und zeigte ihr das Schlafzimmer.

In dem Raum gab es nur ein Bett und einen Kleiderschrank. Lea holte eine Decke daraus und drückte sie Katharina in die Hand.

»Ruhe dich aus und morgen früh lachen wir beide gemeinsam über deinen abenteuerlichen Traum.«

Sie zwang sich zu einem Lächeln und atmete erleichtert auf, als Katharina die Decke nahm und sich artig ins Bett legte.

Lea selbst löschte alle Lichter im Haus, setzte sich in einen der Sessel und starrte an die Wand. Durch ein paar Ritzen in den geschlossenen Fensterläden fiel spärliches Mondlicht und malte bizarre Muster auf den weißen Putz.

Ein unheimliches Knarzen ließ Lea aufschrecken. Angespannt suchte sie mit den Augen den Raum ab, konnte jedoch nichts Ungewöhnliches entdecken.

Sie blickte über die Sessellehne zu dem Fenster in der Essecke. Durch die Scheibe fiel das Mondlicht sanft in den Raum. Lea stutzte. Die Läden waren doch bei ihrer Ankunft verschlossen gewesen, oder? Ihr Herz klopfte wild und ihr Atem ging schneller. Wieder ein knarrendes Geräusch und jetzt schien das Licht auch durch die Küche in den Wohnraum hinein. Leise stand Lea auf.

»Jonadin?«, flüsterte sie ängstlich.

»Nein«, hörte sie von draußen eine wütende Stimme, dann zersprang die Fensterscheibe in der Essecke.

Lea schrie auf und in diesem Augenblick kam Katharina kreidebleich aus dem Schlafzimmer.

»Da stand gerade ein Mann vor meinem Fenster«, stammelte sie.

Plötzlich zischte ein Pfeil knapp an Leas Kopf vorbei und bohrte sich in die Lehne des Sessels.

»Runter!«, brüllte Lea und legte sich flach auf den Boden.

Doch Katharina blieb stocksteif stehen und starrte aus dem Fenster im Wohnbereich.

»Feuer«, hauchte sie.

Entgegen aller Vernunft stand Lea auf und folgte ihrem Blick. Direkt vor dem Fenster drehte sich ein riesiger Feuerball. Sie schrie auf, als er ruckartig durch die Fensterscheibe schoss und wie ein Flummi zwischen Decke und Boden hin und her knallte. Der alte Holzboden begann sofort zu brennen und Rauch zog durch die Hütte.

Wieder zersprang eine Scheibe auf der anderen Hausseite und ein weiterer Pfeil verfehlte Lea nur knapp.

Hecktisch blickte Lea sich um. Der Qualm wurde immer dichter und brannte in den Augen. Der Feuerball zischte an ihr vorbei in die Küche und Lea hörte Holz und Geschirr unter der Wucht der Schläge brechen.

»Lea?«, flüsterte Katharina.

Ihre Stimme klang seltsam schrill und überrascht. Lea wirbelte zu ihr herum und keuchte entsetzt auf.

Fassungslos sah sie auf einen Pfeil, der direkt in Katharinas Brust steckte. Katharina hatte die Augen weit aufgerissen. Sie sah Lea fragend an, dann brach sie zusammen, schlug mit dem Kopf hart gegen den Kaminsims und fiel zu Boden.

»Nein!«, schrie Lea panisch.

Sie beugte sich zu Katharina hinab und griff unter ihre Achseln. Hier am Boden bekam sie kaum Luft, der Rauch kratzte in ihren Lungen und sie hustete. Während der Feuerball wie eine Flipperkugel durch die Hütte zischte, zog sie Katharina mit letzter Kraft ins Badezimmer.

Lea lehnte ihre Freundin mit dem Oberkörper an die Wand und schlug die Tür ins Schloss. Doch der Qualm kroch unaufhaltsam unter der Tür her ins Bad. Hektisch drehte Lea den Wasserhahn auf, griff nach einem Handtuch, zog es durch den Wasserstrahl und stopfte es am Boden in die Türritze. Sie hockte sich neben ihre Freundin und strich mit zitternden Händen über ihre Wange. Draußen knallte der Feuerball gegen die Tür.

»Katharina!«, rief sie. »Kannst du mich hören?«

Doch ihre Freundin antwortete nicht.

Ich muss Hilfe holen, dachte Lea verzweifelt und versuchte, Ordnung in ihre rasenden Gedanken zu bringen. Ihr Handy lag jedoch im Wohnzimmer und dorthin konnte sie nicht zurück. Das Toilettenfenster, fiel ihr ein. Der Angreifer hatte es noch nicht entdeckt, sonst würde er sie jetzt von dort aus attackieren.

Vielleicht hatte er durch den dichten Rauch im Wohnraum nicht bemerkt, dass die beiden Frauen hier Schutz gesucht hatten?

»Katharina«, flüsterte sie noch einmal, doch die reagierte nicht.

Lea suchte ihren Puls und fühlte ihn schwach aber regelmäßig an ihrem Handgelenk.

»Ich bin gleich wieder da!«, versprach sie, stieg auf den Toilettendeckel und öffnete das Fenster.

Der Rahmen war winzig, doch mit etwas Glück würde Lea hindurch passen. Sie konnte hier nicht tatenlos sitzen bleiben, während ihre Freundin um ihr Leben rang. Vorsichtig schob sie die hölzernen

Läden auf. Sie streckte den Kopf aus dem Fenster und versuchte etwas zu erkennen. Es war niemand da.

Plötzlich hörte sie draußen ein unheimliches Brüllen. Es klang wie der Brunftschrei eines Hirsches gepaart mit dem Fauchen eines Löwen. Ihr Angreifer fluchte laut und schrie vor Schmerz auf. Welches Geschöpf auch immer hier aufgetaucht war, es schien den Elfen zu vertreiben. Das Gebrüll wurde leiser und das Knallen und Donnern des Feuerballs verstummte.

Hastig schob Lea die Arme durch die Luke und presste von außen ihre Hände gegen die Hauswand. In diesem Moment hörte sie den Motor eines herankommenden Wagens. Hoffentlich war das Jonadin! Doch sie wagte nicht zu rufen.

Zur Hälfte war sie bereits draußen, doch ihre Hüften schienen zu breit zu sein. Wie bei einem makabren Bauchtanz wiegte sie sich hin und her. Es tat weh, es drückte überall, doch sie gab nicht auf. Als sie es endlich geschafft hatte, fiel sie ungebremst hinunter. Doch statt hart auf dem Waldboden landete sie sanft.

»Ich hab dich«, brummte eine dunkle Stimme und Lea schrie erschrocken auf.

»Lea«, hörte sie Jonadin rufen. Durch die dichten Brombeerbüsche hinter dem Haus lief der Elf auf sie zu. »Keine Angst, wir sind es.«

»Oh, Jonadin«, schluchzte Lea und hielt sich instinktiv an dem Mann fest, der sie aufgefangen hatte. »Katharina ist noch im Haus, im Badezimmer! Sie ist schwer verletzt! Wir müssen sie da rausholen!«

Der Hüne, der sie gehalten hatte, ließ sie unsanft zu Boden gleiten und eilte um das Haus herum.

»Verdammt, ich kann nicht durch die Tür!«, hörte Lea ihn vor der Hütte fluchen. »Theo! Schnell! Im Bad ist noch jemand!«

Lea und Jonadin liefen zum Vorderhaus. Die spitzen Steine und Dornen, die sich dabei in Leas nackte Füße bohrten, spürte sie gar nicht.

Als sie um die Ecke kamen, hatte sich Theo bereits ein Tuch über Mund und Nase geschlungen und bahnte sich einen Weg in die Hütte. Der Elf, der sie aufgefangen hatte, begann das Feuer zu löschen.

In der Ferne hörte Lea Sirenengeheul von Feuerwehrwagen, doch das nahm sie nur am Rande wahr. Wie hypnotisiert starrte sie auf das brennende Haus, hatte die Arme schützend um ihren Oberkörper geschlungen und Tränen liefen über ihre Wangen. Oh, bitte, lieber Gott, lass Katharina am Leben sein, betete sie. Nur mit einem Ohr hörte sie, wie Jonadin den anderen Elfen fragte, warum er denn nicht hinein könne.

»Ein Feuerfluch hat Leas Heim verwüstet. Ich nehme an, weil sie hierher geflohen ist, wird nun dies hier als ihr neues Heim gelten. Auch wenn es nur vorübergehend war.«

Lea blickte kurz zu dem Elfen hinüber, doch sie erkannte ihn nicht. Ein Beschützer, dachte sie kurz, dann richtete sich ihre Aufmerksamkeit wieder auf die Hütte.

»Ja, du hast recht«, bestätigte Jonadin.

Elfen konnten das Zuhause eines Menschen nur betreten, wenn sie ausdrücklich eingeladen wurden. Zum Glück, denn wer wusste schon, was der Angreifer mit ihr gemacht hätte, wenn er ins Haus hinein gekommen wäre. Die Sirenen kamen näher und Blaulicht blinkte zwischen den Bäumen.

Plötzlich ging ein Ruck durch Lea.

»Ich erlaube dir, mein Heim zu betreten!«, rief sie dem Beschützer zu, doch in diesem Moment kam Theo schon mit Katharina auf dem Arm aus dem Haus heraus.

Im selben Augenblick erreichte der erste Feuerwehrwagen die Lichtung, gefolgt von einem Krankenwagen und weiteren Einsatzfahrzeugen.

Jonadin reagierte sofort.

»Rion! Nimm Lea auf den Arm und zieh dich zurück. Ich will nicht, dass sie in ihrem Zustand irgendwelchen Menschen Rede und Antwort stehen muss!«

Rion schnappte sich Lea und trat mir ihr an den Rand der Lichtung. Jonadin dagegen lief zu Theo hinüber.

Wie ein Kind lag Lea in den Armen des Beschützers und starrte auf das brennende Haus. Die Feuerwehr arbeitete schnell. In wenigen Minuten waren die Schläuche bis zu einem nahen Teich ausgerollt und Wassermassen regneten auf das Waldhaus herab.

Theo war sofort von Sanitätern umringt, die ihm halfen, die leblose Katharina vorsichtig auf eine Trage zu legen. Dabei achteten sie drauf, den Pfeil, der noch in Katharinas Brust steckte, nicht zu bewegen. Während sich ein Arzt um die Verletzte kümmerte, wurde Theo von einem anderen Mann befragt. Jonadin versuchte unterdessen immer wieder, um die Menschen herum eine Hand auf Katharinas Körper zu legen.

Plötzlich erinnerte sich Lea daran, wie Jonadin den Elfen genannt hatte. Sie drehte den Kopf und sah dem Beschützer ins Gesicht. Er hatte sich verändert, war größer, kräftiger und ernster geworden.

Sein Haar war dunkler und seine Züge härter und kantiger als früher, doch als er kurz auf sie herabsah, erkannte sie ihn sofort. Diese Augen würde sie niemals vergessen.

»Rion?«, flüsterte Lea ungläubig.

»Sei still«, knurrte er und blickte wieder starr auf das Geschehen vor dem Haus.

Der Rettungswagen raste mit Katharina davon und die Feuerwehr begann damit, die Schläuche wieder einzurollen. Der Brand war gelöscht.

»Sie können dann fahren, wir wissen ja, wie wir Sie erreichen«, sagte einer der Feuerwehrmänner zu Theo und verabschiedete sich von ihm.

Jonadin winkte Rion herbei und setzte sich selbst auf den Beifahrersitz von Theos Auto. Rion ging mit Lea auf dem Arm ebenfalls in Richtung des Wagens.

»Lass mich runter«, murmelte Lea. »Ich kann alleine laufen.«

Rion hielt kurz inne und musterte sie eindringlich.

»Damit dich die restlichen Menschen hier sehen können? Wohl kaum«, brummte er, setzte sich auf die Rückbank und achtete drauf, dass er Lea immer dicht bei sich behielt.

Lea schluckte und ließ ihn gewähren. Sie hatte vergessen, dass alles, was Elfen am Leib trugen, für normale Menschen nicht zu sehen war. Also auch sie auf Rions Armen nicht. Und er hatte recht. Das

Letzte was sie jetzt wollte, war ihr plötzliches Erscheinen zu erklären. Außerdem war sie müde. So müde.

Sie spürte jeden Knochen im Leib und ihre aufgerissenen Füße brannten wie Feuer. Schweigend saß sie auf dem Schoß des Elfen. Seine Magie machte ihren Schmerz erträglicher, auch wenn Lea nicht wusste, ob er sie absichtlich abgab.

Als sie mit Rion diese eine Nacht verbracht hatte, war gerade erst klar gewesen, dass er ein Beschützer werden würde. Damals hatte er die Figur eines Langstreckenläufers gehabt, heute sah er eher aus wie ein Zehnkämpfer. Sein Gesicht war starr, sein Blick finster und er schien all seine jugendliche Unbeschwertheit verloren zu haben.

Wie es ihm wohl in den letzten Jahren ergangen war?

Ein paar Mal hatte sie vorgehabt, Jonadin nach Rion zu fragen, doch sie hatte es nie getan.

»Versuch zu schlafen«, brummte Rion.

»Ich kann nicht«, flüsterte Lea.

Trotzdem lehnte sie ihren Kopf an seine Schulter und war im nächsten Moment eingenickt.

Kapitel 9

»Hey, aufwachen«, brummte eine tiefe Stimme und blinzelnd öffnete Lea die Augen.

»Wo sind wir?«, fragte sie benommen.

Der Wagen parkte in einem beleuchteten Innenhof. Lea erkannte eine Laderampe direkt an einem Gebäude, das wie die Rückansicht eines Supermarktes aussah. Links von ihr stand ein Wohnhaus. Vor dem Haus ging das Licht an und ein alter Mann im Bademantel eilte auf sie zu.

Lea verfolgte ihn mit ihrem Blick, während er die Beifahrertür öffnete. Jonadin stieg aus und der Mann verbeugte sich tief vor ihm.

»Jonadin, Mitglied des Rates. Es ist mir eine große Ehre, Sie alle in meinem bescheidenen Heim willkommen zu heißen.«

Lea hob überrascht die Augenbrauen. So galant hatte sie noch keinen Menschen eine Einladung zum Betreten seines Hauses aussprechen hören.

»Der Segen der Alten sei mit dir«, sagte Jonadin huldvoll, dann reichte er dem Mann die Hand. »Benjamin Meinert! Ich freue mich, dich bei bester Gesundheit zu sehen. Vielen Dank, dass wir so kurzfristig zu dir kommen konnten.«

»Aber das ist doch selbstverständlich«, entgegnete der Mann und öffnete die hintere Wagentür.

»Rion, junge Dame, darf ich Ihnen behilflich sein?«

Er reichte Lea die Hand und instinktiv griff sie zu. Mit Hilfe des Alten zog sie sich von Rions Schoß und krabbelte aus dem Wagen. Kaum stand sie auf dem Boden, verzog sie vor Schmerzen das Gesicht.

»Gütiger Himmel«, rief der Mann entsetzt. »Was ist denn mit Ihren Füßen passiert? Hier nehmen Sie meine Pantoffeln!«

Schnell zog er seine beige-karierten Hausschuhe aus und stellte sie akkurat vor Lea auf.

»Das wird nicht nötig sein«, lehnte Rion ab und hob Lea auf seine Arme.

»Natürlich«, stammelte Herr Meinert. »So ist es für alle bequemer«, fügte er hinzu und schlüpfte wieder in seine Pantoffeln.

»Ich darf vorangehen?«, fragte er.

Er wartete nicht auf eine Antwort, sondern lief mit eiligen Schritten und wehendem Bademantel voraus auf das Haus zu.

»Am besten tragen Sie die junge Dame in die Küche«, schlug er Rion vor und leitete ihn durch einen engen Flur in eine geräumige Wohnküche. »Sie können sie hier auf einen Stuhl setzen. Jonadin!«

Er lief in den Flur zurück und zog den Elfen mit sich zu Lea.

»Sie müssen sich zuerst um ihre Füße kümmern! Das arme Ding muss furchtbare Schmerzen haben!«

Rion lehnte mit vor der Brust verschränkten Armen an der Küchenwand und auch Theo kam hinzu.

Jonadin ging vor Lea in die Knie und betrachtete aufmerksam ihre Füße.

Er hob einen an der Ferse an und strich sanft mit der anderen Hand über ihre Sohle und die verletzte Haut. Im nächsten Moment rieselten Dornen auf den Küchenboden und die Wunden heilten.

»Darf ich den Herren in der Zwischenzeit eine Erfrischung anbieten? Ich habe drüben im Wohnzimmer etwas vorbereitet.«, bot der alte Mann an.

Theo nickte dankbar und folgte ihm, Rion jedoch blieb unbeweglich stehen und sah Jonadin zu.

Nachdem auch der zweite Fuß geheilt war, seufzte Lea erleichtert auf und stellte die Beine vorsichtig auf den Boden.

»Hast du dich sonst noch irgendwo verletzt?«, fragte Jonadin besorgt.

»Meine Hüften brennen. Ich glaube, ich habe mir die Haut an der Seite aufgeschürft, als ich aus dem Fenster geklettert bin.«

»Zeig mal her«, bat Jonadin.

Lea öffnete ihre Hose, doch dann sah sie unbehaglich zu Rion hinüber, der sie mit unbewegter Miene beobachtete.

Jonadin folgte ihrem Blick. »Rion, würdest du bitte draußen warten?«

Rion schnaubte und stieß sich lässig von der Wand ab.

»Nichts, was ich nicht schon gesehen hätte«, brummte er im Hinausgehen.

Lea zog die Hose hinunter und den Pullover hinauf. Die Haut an beiden Seiten war aufgeschürft und handtellergroße dunkelviolette Hämatome hatten sich gebildet.

»Das sieht übel aus«, murmelte Jonadin und betrachtete die Verletzungen.

Jetzt wo er es aussprach, tat es wirklich ziemlich weh, dachte Lea. Vorhin, als Rion sie auf seinen Armen getragen hatte, war der Schmerz kaum spürbar gewesen.

»Das haben wir gleich«, tröstete Jonadin sie.

Behutsam strich er ein paarmal mit den Händen über die Wunden und Prellungen und Lea atmete erleichtert auf.

»Danke«, flüsterte sie, doch dann ging ein Ruck durch sie. »Was ist mit Katharina?«, fragte sie besorgt. »Konntest du sie heilen?«

Jonadin senkte den Blick. »Ich bin nicht an sie herangekommen. Der Arzt und die Sanitäter waren so auf Katharina fixiert, dass sie meine Nähe gar nicht gespürt haben. Sonst hätten sie bestimmt etwas Abstand gehalten und ich hätte ihr meine Magie geben können. Wären die Menschen ein wenig später gekommen, hätten wir sie auch mitnehmen können.«

»Aber was wird denn jetzt mit ihr? Wie schwer ist sie verletzt?«

»Einmal habe ich es geschafft, sie zu berühren. Ich konnte ihre Verletzung spüren, doch mehr konnte ich nicht tun. Der Pfeil hat nur ihr Muskelgewebe durchbohrt. Lunge und Herz sind nicht getroffen. Aber ihre Kopfverletzung macht mir Sorgen.«

»Was?«

Lea starrte ihn verständnislos an. Dann erinnerte sie sich.

»Sie ist mit dem Kopf gegen den Kamin gefallen«, hauchte sie entsetzt.

»Äußerlich ist es nur eine Platzwunde«, erklärte Jonadin betrübt. »Aber ich fürchte, in ihrem Kopf ist der Schaden größer.«

Mit beiden Händen griff Lea nach Jonadins Kutte und sah flehend zu ihm auf.

»Du musst sie retten! Bitte! Sie darf nicht sterben. Sie hat doch mit all dem hier nichts zu tun!«

»Lea!«, entgegnete Jonadin. »Es war ein Anschlag auf dich! Von einem Elfen! Solange ich nicht weiß, wer dafür verantwortlich ist, weiche ich nicht von deiner Seite!«

»Aber du musst ihr helfen!«, rief Lea verzweifelt und Tränen liefen über ihre Wangen.

Es klopfte an der Küchentür und Theo steckte den Kopf hinein.

»Ist alles okay bei euch?«, fragte er besorgt.

»Er will Katharina nicht retten!«, schluchzte Lea, sackte auf einem der Küchenstühle zusammen und weinte.

»Ich kann nicht!«, erklärte Jonadin verzweifelt.

»Na ja,«, mischte Theo sich ein, ging zu Lea und strich ihr beruhigend über die Schulter. »Katharina ist von einem Elfen verletzt worden. Allein deshalb schon solltest du sie heilen.«

»Heilige Mutter Erde«, fluchte Jonadin. »Ich weiß das! Aber wie soll ich das denn machen? Ich kann

Lea nicht schutzlos zurücklassen. Außerdem wissen wir doch gar nicht, wo Katharina ist!«

»In der Klinik in Wernigerode«, antwortete Theo und lächelte.

Jonadin sah ihn erstaunt an.

»Die Sanitäter haben es mir gesagt. Ich hab ihnen erzählt, dass Katharina meine Tante ist, hier Urlaub macht und ich sie besuchen wollte. Ich kann dich hinfahren.«

»Oh, Jonadin bitte!«, flehte Lea.

»Und was ist mit dir?«, fragte Jonadin verzweifelt.

Er wollte der fremden Frau helfen. Unerklärlicherweise wünschte sich jede Faser in seinem Körper ihre Rettung. Doch Lea war wie eine Tochter für ihn. Würde ihr etwas zustoßen, könnte er sich das niemals verzeihen.

»Rion ist doch hier«, bemerkte Theo. »Seine magischen Fähigkeiten reichen zwar nicht ganz an deine heran, aber sie sind stärker als bei den meisten Elfen.«

»Jonadin, du musst!«, rief Lea. »Wenn Katharina stirbt, ist das meine Schuld!«

Jonadin schloss die Augen und atmete tief durch.

»Also gut«, entschied er und ging zu Rion und Benjamin Meinert ins Wohnzimmer.

Der alte Mann saß kerzengerade in einem der Sessel. Auf dem Tisch stand eine Platte mit Brot und

Käse und daneben eine Karaffe Wasser mit einigen Gläsern. Rion lag fast in dem anderen Sessel. Er war tief hinein gesunken und hatte die Augen geschlossen. Bei Jonadins Eintreten öffnete er sie und sah ihn fragend an.

»Benjamin«, richtete sich Jonadin an Herrn Meinert. »Können Rion und Lea noch eine Weile hierbleiben? Ich muss mit Theo noch einmal los.«

»Aber selbstverständlich!«

»Wieso?«, brummte Rion.

»Ich werde Leas Freundin heilen. Theo bringt mich zu ihr. Ich weiß nicht, ob die Menschen ihr helfen können.«

Rion schnaubte ärgerlich.

»Rion«, seufzte Jonadin. »Ich verstehe, dass du nach Hause zu Dalari möchtest, aber ich brauche dich noch. Lea ist wie eine Tochter für mich und ich will, dass du auf sie aufpasst, bis ich zurück bin.«

Rion biss die Zähne zusammen und nickte. Er wollte nirgendwo hin, er wollte nur hier weg. Weg von der Frau, die sein Leben zerstört hatte, weg von der Frau die ihn Dinge hatte fühlen lassen, die er danach nie wieder gespürt hatte und auch nie wieder spüren würde. Dalari war schön, zierlich und anmutig. Lea dagegen war geballte Weiblichkeit und er würde nie vergessen, was für ein Gefühl es war, sie nackt in seinen Armen zu halten.

Hätte es diese eine Nacht mit ihr nicht gegeben, könnte er Dalari vielleicht wirklich lieben.

∗

Während Jonadin mit Theo das Haus verließ, hockte sich Lea auf das Sofa zu Herrn Meinert und Rion.

»Bedienen Sie sich, junge Dame«, forderte Herr Meinert sie auf und goss ihr ein Glas Wasser ein.

»Danke«, lächelte Lea.

Erst jetzt spürte sie, wie hungrig sie war.

»Vielleicht möchten Sie sich auch ein wenig frisch machen?«, fragte Herr Meinert und stand auf. »Das Bad ist oben und ich könnte nachsehen, ob ich saubere Kleidung für Sie finde.«

Lea sah an sich hinab. Ihr T-Shirt war völlig verdreckt, ihre Hose ebenso und sie roch penetrant nach Rauch.

»Ich schätze, das ist eine gute Idee.«

Sie zog den Datenstick mit Lukans fast fertiger Identität aus der Hosentasche und legte ihn auf den Wohnzimmertisch. Die Flucht aus der brennenden Hütte schien er unbeschadet überstanden zu haben.

»Kannst du den einstecken?«, fragte sie Rion und folgte dem alten Mann hinaus.

Kurz darauf saß sie frisch geduscht mit einem viel zu großen grün-gelb geringelten T-Shirt und einer ausgeleierten Jogginghose wieder auf dem Sofa. Theo und Jonadin hatten sich in der Zwischenzeit gemeldet. Katharina wurde noch operiert und sie konnten nichts weiter tun, als zu warten. Lea machte sich große Sorgen um ihre Freundin, doch Herr Meinert beruhigte sie. Rion beteiligte sich nicht an dem Gespräch, sondern rutschte tief in den Sessel und schloss die Augen.

»Du meine Güte«, stellte Lea erstaunt fest, als ihr Blick auf eine Wanduhr im Wohnzimmer fiel. »Schon Mitternacht?«

»Ja«, bestätigte Herr Meinert und unterdrückte ein Gähnen. »Wie schnell die Zeit vergeht.«

»Sie können gern zu Bett gehen«, entgegnete Lea. »Rion schläft ja schon in dem Sessel und ich werde mich hier aufs Sofa legen.«

»Wenn es Ihnen nichts ausmacht? Ich würde wirklich sehr gern schlafen gehen.«

»Natürlich«, bekräftigte Lea. »Wir kommen hier allein zurecht. Kein Problem. Ich räume die Sachen in die Küche, mach die Lichter aus und leg mich dann auch hin.«

Herr Meinert wünschte eine gute Nacht und zog die Wohnzimmertür hinter sich zu.

Lea trank den letzten Schluck Wasser aus ihrem Glas und sah sich in dem Raum um. Das Wohnzimmer von Herrn Meinert hatte Ähnlichkeit mit dem ihrer Eltern. Vermutlich war er auch im selben Alter wie sie.

Das leise Surren ihres Handys riss sie aus ihren Gedanken. Theo schrieb, dass es Katharina gut ginge und er und Jonadin erst morgen zurückkämen. Lea seufzte erleichtert. Kurz überlegte sie, Rion zu informieren, doch der schien fest zu schlafen. Schlafende Elfen weckte man besser nicht.

Er lag in dem Sessel, hatte die Hände auf dem Bauch gefaltet und die Knie waren bequem auseinandergefallen. Lea suchte den jungen Rion in diesem Beschützer. Jetzt im Schlaf waren seine Züge entspannter und sie erkannte ihn leichter wieder. Seine Lippen waren nicht zusammengekniffen, wie vorhin, sondern weich und voll. Seine schräg stehenden Augen hatten noch dieselbe Form wie damals, doch seine Brauen waren dunkler und etwas dichter. Ihr eleganter Schwung kam so noch besser zur Geltung. Die Farbe seiner Haare hatte sich von Blond in ein dunkles Braun verwandelt. Leicht gewellt reichten sie bis auf die Hüften. An der Stirn hatte er drei dicke Strähnen nach hinten geflochten, damit sie ihm nicht in die Augen fielen.

Seine gerade Nase, sein kantiges Kinn und seine hohen Wangenknochen waren markanter und maskuliner. Er wirkte genauso unnahbar, aristokratisch und überheblich wie früher. Doch ein einziges Lächeln hatte damals diesen Eindruck fortgewischt. Ob es heute auch noch so charmant und unwiderstehlich war?

Sein Körper jedoch hatte sich völlig verändert. Die Schultern waren wesentlich breiter geworden und seinen ausgeprägten Bizeps konnte man selbst unter dem weiten Leinenhemd deutlich erkennen. Die Ärmel hatte er hochgekrempelt und Lea betrachtete seine starken Unterarme und seine kräftigen großen Hände. Ganz sicher hatte er ein Sixpack, dachte Lea, und eine sexy schmale Taille.

Sie holte tief Luft, riss die Augen von Rion los und brachte Brot und Käse in die Küche. Als sie zurückkam, löschte sie das Licht. Der Mond schien hell in den Raum und ohne Probleme fand Lea den Weg zum Sofa. Sie legte sich hin und sah wieder zu Rion hinüber. Er schien im Mondlicht zu baden. Der restliche Raum lag im Schatten, doch die Strahlen des kleinen Erdtrabanten fielen genau auf ihn.

Seine helle Wildlederhose schimmerte wie Silber und die Schnüre und Fransen an seinen Stiefeln schienen sich leicht im Licht zu bewegen. Wie eine zweite Haut saßen Hose und Stiefel an ihm und ließen keinen Spielraum für Vermutungen. Lea konnte nicht aufhören, ihn anzusehen. Sie erinnerte sich daran, wie er damals nackt vor ihr gestanden hatte. Ob er dort wohl auch …?

»Lass das«, brummte Rion missmutig.

Ertappt zuckte Lea zusammen.

»Was … was meinst du?«, stotterte sie.

Rion öffnete die Augen einen Spalt und funkelte sie an.

»Du starrst mich an. Ich fühle deine Blicke, als würdest du mich berühren.«

»Quatsch, tu ich gar nicht«, widersprach Lea hastig. »Ich hab schon längst geschlafen!«

Sie schnaubte abfällig und drehte Rion den Rücken zu.

Kapitel 10

Während Lea und Rion in Schierke geblieben waren, parkten Jonadin und Theo vor dem Krankenhaus in Wernigerode. Immer wieder ging Theo hinein und fragte nach Katharina Gierke, bis er endlich die Auskunft erhielt, seine Tante läge nun auf der Intensivstation.

Theo klingelte dort und es dauerte eine Weile, bis eine Krankenschwester öffnete. Da Theo kein direkter Verwandter war, durfte er nicht hinein, doch das war auch nicht nötig.

Während er mit der Schwester sprach, schlüpfte Jonadin durch die Tür und suchte nach Katharina. Als er sie endlich gefunden hatte, standen zwei Ärzte an ihrem Bett und unterhielten sich.

»Diese Patientin hier ist gerade aus dem OP gekommen. Sie hat eine Schussverletzung. Ein Pfeil hat ihren Subscapularis durchbohrt. Das ist jedoch nicht weiter tragisch. Schlimmer ist ihr linkshemisphärisches Schädelhirntrauma. Wir mussten in die Schädeldecke bohren. Beim CT haben wir Blutungen festgestellt und der Druck wurde zu groß. Während der OP gab es Komplikationen, wir hätten sie fast verloren. Erst nach zweieinhalb Minuten konnten wir sie reanimieren. Hoffentlich hat sie dadurch nicht noch größere Schäden zurückbehalten. Nach der OP hat sie selbstständig geatmet, der Herzschlag ist regelmäßig, alle Körperfunktionen scheinen normal, aber sie reagiert nicht. Also behalte sie gut im Auge. Okay, damit sind wir durch, ich wünsche dir eine angenehme Schicht!«

»Danke«, antwortete der andere und verzog das Gesicht. »Ist die Polizei schon verständigt?«

»Natürlich. Das Geschoss wurde sichergestellt und direkt an die Behörde geschickt.«

Im Rausgehen unterhielten sich die beiden noch und Jonadin blieb allein zurück.

Katharina lag wie tot in dem Bett. Ihr Kopf war bandagiert und unter einem grünen Hemd sah man den Verband um ihre Schulter. Kabel führten von ihr zu Maschinen, Monitore zeigten ein gleichmäßiges Zickzack-Bild und im Hintergrund hörte man leise ein rhythmisches Piepen.

Das war also ihr Herzschlag, dachte Jonadin und starrte auf den Bildschirm, auf den der Arzt vorhin gezeigt hatte. Er hielt Abstand zu Katharina. Wenn er ihr näher kam, würde sie vielleicht auch in ihrem Dämmerzustand Angst verspüren.

Jonadin betrachtete sie. Sie war klein und zierlich, hatte fast die Figur einer Elfe. Vermutlich war sie in den mittleren Jahren, denn um die Augen herum und am Mund gruben sich ein paar Falten in ihre blasse Haut. Ihr Gesicht war schmal und für einen Menschen in ihrem Alter erstaunlich anmutig. Fast fürchtete er sich davor, zu ihr zu gehen, doch wenn er ihr helfen wollte, musste er sie berühren.

»Hallo Katharina«, flüsterte er und tastete sich vorsichtig an sie heran.

Überrascht hielt er inne, als Katharina plötzlich ganz leicht die Augen öffnete. Sie schien ihn eine Weile anzusehen, dann schlossen sich ihre Lider wieder. Das Piepen blieb gleichmäßig und auch die Anzeige der gezackten Wellen veränderte sich nicht.

Hatte sie ihn etwa gehört? Jonadin schüttelte den Kopf. Nein, das konnte nicht sein. Er hatte keine Magie auf sie übertragen, wie Zarek es bei Kim getan hatte. Er hatte lediglich ihre Verletzungen feststellen können. Der Bann musste noch auf ihr liegen. Langsam ging er näher an das Krankenbett.

»Du brauchst keine Angst zu haben«, murmelte Jonadin eher zu sich selbst als zu Katharina. »Ich werde gleich deine Hand nehmen und dir nichts Böses tun.«

Katharina reagierte nicht und ein kurzer Blick auf die Monitore zeigte auch dort keine Veränderung.

Jonadin stellte sich neben das Bett und griff vorsichtig nach Katharinas Hand. Er schloss die Augen und ließ seine Magie in sie gleiten. Ihr Körper war vollgepumpt mit künstlichen Substanzen und die erschwerten es Jonadin, zu ihren eigentlichen Verletzungen vorzudringen.

Er löschte den Schmerz in ihr, er heilte die Adern, die durch den Aufprall auf den Kaminsims geschädigt waren und er ließ das ausgetretene Blut in ihrem Kopf verschwinden. Gleichzeitig kämpfte er gegen das Gift, das die Ärzte ihr verabreicht hatten, um ihr auf Menschenart Linderung zu verschaffen.

Über drei Stunden stand er an ihrem Bett.

»Ich habe dir alles gegeben«, murmelte Jonadin schwach und wankte ein wenig. »Schlaf jetzt und wenn du aufwachst, wird es dir gut gehen.«

Er wollte die Station verlassen und zu Theo gehen, aber er war so müde. Seine Magie war in Katharina geflossen und sie hatte sie aufgesogen wie ein Schwamm. Er schleppte sich in eine Ecke des Zimmers und rutschte an der Wand hinab auf den

Boden. Mit letzter Kraft schickte er Theo eine Kurznachricht, dass alles in Ordnung sei und er später kommen würde. Er musste schlafen und sich erholen. Was würde er dafür geben, jetzt unter einem großen Baum auf dem Schoß von Mutter Erde zu sitzen. Doch hier war nichts, außer Mauern, Technik, Steine und Beton.

∗

»Guten Morgen!«

Jonadin riss erschrocken die Augen auf. Eine Krankenschwester hatte das Zimmer betreten und kontrollierte die Geräte, an die Katharina immer noch angeschlossen war.

»Guten Morgen«, kam eine leise Antwort vom Krankenbett her.

Überrascht fuhr die Schwester herum.

»Oh, Frau Gierke? Sie sind wach?«, stotterte sie. »Das ist ja wundervoll, wie geht es Ihnen?«

Katharina ließ vom Bett aus den Blick schweifen und sah Jonadin stocksteif am Fenster stehen.

»Es geht mir gut«, antwortete sie und lächelte ihn an. »Dank meinem Schutzengel. Wo bin ich, was ist passiert?«

Sie wollte sich aufrichten, doch die Schwester hielt sie zurück.

»Bitte, bleiben Sie liegen«, bat sie. »Sie sind hier im Harzklinikum Wernigerode. Sie hatten einen Unfall. Ich hole sofort den Arzt, der kann Ihnen Ihre Fragen beantworten.«

Die Krankenschwester eilte hinaus und Jonadin entspannte sich.

Heilige Mutter Erde, dachte er. Ein Glück, dass er von der Stimme der Schwester aufgewacht war. Hätte sie ihn versehentlich angerempelt, hätte er sie angegriffen. Elfen aus dem Schlaf zu reißen, war ein gefährliches Unterfangen. Ihre Instinkte waren wacher und ihre Reflexe schneller als die der Menschen. Auch wenn Jonadin schon lange nicht mehr so trainiert war, wie früher einmal. Hier auf fremdem Boden hätte er bei der kleinsten Störung sofort mit Angriff und Selbstschutz reagiert.

Katharina musterte ihn neugierig vom Bett aus, doch bevor er mit ihr sprechen konnte, kam die Schwester mit einem Arzt zurück.

»Frau Gierke«, lächelte der Doktor. »Schön, dass Sie wieder bei Bewusstsein sind.«
Er holte eine kleine Lampe aus der Tasche seines Kittels und leuchtete damit in Katharinas Augen.

»Was ist denn mit mir passiert?«, fragte Katharina, während der Arzt ihre Reflexe testete.

»Sie erinnern sich nicht?«, fragte der Doktor und beobachtete sie aufmerksam.

Katharina dachte angestrengt nach, dann schüttelte sie den Kopf.

»Ihr Neffe hat sie aus einem brennenden Ferienhaus bei Schierke gerettet.«

»Welcher Neffe?«

Der Arzt ignorierte die Frage.

»Was ist denn das Letzte, woran Sie sich erinnern können?«

»Lea hat Salat zum Abendessen mitgebracht.«

»Ah, okay«, entgegnete der Arzt verwirrt. »Wer ist diese Lea?«

»Lea Huber, meine Mitbewohnerin«, erklärte Katharina, dann runzelte sie die Stirn. »Und es hat wirklich gebrannt«, fiel ihr wieder ein. »Unsere ganze Wohnung stand in Flammen. Da war dieser Feuerball …«

»Ich wäre dir dankbar, wenn du das jetzt nicht erzählen würdest«, mischte sich Jonadin mit sanfter Stimme ein und lächelte.

Katharinas Augen richteten sich auf ihn und der Arzt folgte ihrem Blick.

»Warum reden Sie nicht weiter?«, fragte er Katharina.

»Na, weil … haben Sie das gerade nicht gehört?«

Katharina blickte verwirrt zwischen dem Arzt und Jonadin hin und her.

»Was denn?«, fragte der Doktor verwundert.

»Er kann mich nicht sehen«, erklärte Jonadin einfühlsam. »Keiner der Menschen hier kann das.«

»Wieso denn nicht?«, wollte Katharina wissen.

»Wie bitte?«

»Ich meine nicht Sie«, erklärte Katharina dem Doktor. »Ich rede mit meinem Schutzengel dort am Fenster.«

»Das ist nicht so einfach zu erklären …«, setzte Jonadin an.

»Sie hatten eine schwere Kopfverletzung«, sagte der Arzt im selben Moment. »Ich würde gern noch einmal ein MRT anordnen und prüfen, ob alles in Ordnung ist. Halluzinationen sind nach so einem Eingriff keine Seltenheit, ebenso wie Gedächtnisverlust. Machen Sie sich keine Sorgen. Ihre Körperfunktionen, Sehvermögen und Sprache sind nicht beeinträchtigt. Wenn man bedenkt, was sie durchgemacht haben, sind sie heute wirklich erstaunlich fit. Haben Sie Kopfschmerzen, tut Ihnen irgendetwas weh?«

Katharina schüttelte den Kopf.

»Dann seh ich mir noch kurz die Wunde an ihrer Schulter an und nehme Sie anschließend mit zum MRT.«

Der Arzt zog Katharinas Hemd ein wenig herunter und löste den Verband.

»Was hab ich denn da gemacht?«, fragte Katharina verwundert.

»Ein Stück Holz steckte darin«, erklärte der Arzt ausweichend.

Dass Katharina von einem Pfeil durchbohrt worden war, wollte er ihr bei ihrem offensichtlich verwirrten Zustand nicht erzählen.

Vorsichtig zog er die Wundauflage von der Verletzung und keuchte erschrocken auf.

»Was ist?«, fragte Katharina besorgt.

»Das ist … nicht möglich«, stotterte der Arzt. »Die Wunde ist komplett geschlossen!«

»Ist das schlecht?«

»Nein, nein«, widersprach der Doktor aufgeregt. »Das ist gut, aber … unglaublich. Dass eine Wunde so schnell verheilt, habe ich noch nie gesehen!«

Katharina kicherte.

»Das war bestimmt mein Schutzengel.«

»Ja, vermutlich«, lächelte der Arzt und zwinkerte ihr zu.

»Nein, wirklich«, beharrte Katharina. »Ich erinnere mich jetzt, dass er gestern Abend an mein Bett gekommen ist. Er sagte, ich bräuchte keine Angst zu haben, er würde nur meine Hand halten und alles wäre gut.«

»Nein!«, rief Jonadin erschrocken und starrte Katharina fassungslos an.

Jetzt konnte Katharina ihn sehen, er hatte sie mit seiner Magie geheilt. Genauso wie Zarek es bei Kim gemacht hatte. Aber niemals hätte sie ihn sehen können, als er gestern Abend bei ihr am Bett gestanden und sie noch nicht einmal berührt hatte!

»Na ja, vielleicht nicht genau dieselben Worte«, versuchte Katharina Jonadin zu beruhigen, während der Arzt sie wieder skeptisch musterte.

»Heilige Mutter Erde«, stöhnte Jonadin und strich sich die langen Haare aus dem Gesicht.

Wenn Katharina ihn gestern Abend schon gesehen hatte, was war mit seinem Bann? Wurde er brüchig? Hatte er zuviel Zeit mit menschlichen Helfern verbracht? Der Arzt konnte ihn nicht sehen, die Schwester vorhin auch nicht. Aber vielleicht andere? Und seine Magie war völlig erschöpft.

»Ich muss gehen!«, stieß er hervor. »Ohne meine Magie wage ich es nicht, noch länger hierzubleiben.«

»Kommst du zurück?«, fragte Katharina hoffnungsvoll.

Jonadin zog die Kapuze seiner Kutte über den Kopf und nickte.

»Wir sehen uns wieder«, versprach er und verließ das Zimmer.

»Frau Gierke?« Der Arzt sah sie aufmerksam an.

»Ja, alles okay«, seufzte Katharina. »Mein Schutzengel ist gegangen. Obwohl ich glaube, dass er gar kein Engel ist.«

»Sondern?«, fragte der Doktor schmunzelnd.

»Keine Ahnung«, gestand Katharina lächelnd. »Engel brauchen keine Magie und ich denke auch nicht, dass sie eine Mutter Erde anbeten, oder?«

*

Jonadin rannte aus dem Krankenzimmer, stieß die Tür der Intensivstation auf und hastete durch die Flure und Treppenhäuser hinaus. Auf der Straße sah er sich hektisch nach allen Seiten um. Konnten die Menschen ihn sehen? Niemand sprach ihn an, niemand wies mit dem Finger auf ihn, doch das musste nichts heißen. Er lief auf den Parkplatz, riss die Tür von Theos Wagen auf und schwang sich auf den Beifahrersitz.

»Jonadin!«, rief Theo erschrocken. »Was ist passiert? Wirst du verfolgt?«

»Bring mich hier weg«, keuchte Jonadin völlig außer Atem. »Ich muss zu Mutter Erde.«

»Wie geht es Katharina?«

»Gut«, antwortete Jonadin kurzatmig. »Aber ich brauche Magie!«

Theo stellte keine weiteren Fragen, sondern fuhr los. So aufgelöst und besorgt hatte er das Ratsmitglied noch nie gesehen. Vermutlich hatte Jonadin für die Heilung von Katharina mehr Magie gegeben, als gut für ihn war.

Da sich Theo hier in der Gegend nicht sonderlich gut auskannte, fuhr er zu dem abgebrannten Waldhaus von Annarosa. Kaum hatte er den Motor ausgestellt, sprang Jonadin aus dem Wagen und verschwand zwischen den Bäumen.

Nachdem er sich über eine Stunde lang nicht blicken ließ, machte sich Theo auf die Suche nach ihm. Er fand Jonadin ein paar hundert Meter tiefer im Wald. Er lag unter einem riesigen Baum flach auf dem Boden und umklammerte mit den Händen die knorrigen Wurzeln, die über den Waldboden liefen und dann ins Erdreich hinabtauchten.

»Jonadin, geht es dir gut?«, fragte er besorgt.

Jonadin holte tief Luft und stand auf. Mit der Hand fegte er Moos und Blätter von seiner Kleidung und hob den Blick.

»Ich habe ihr meine Magie nicht gegeben, sie hat alles aus mir herausgesaugt«, erklärte er besorgt. »Selbst meine letzten magischen Reserven hat sie genommen!«

»Sie ist ein Mensch«, widersprach Theo. »Wenn du es nicht zugelassen hättest, hätte sie es niemals geschafft.«

Jonadin starrte nachdenklich in die Krone des Baumes.

»Aber warum hätte ich das tun sollen?«, fragte er verwundert und sah wieder zu Theo. »Ich bin Ratsmitglied. Meine Magie wird für mein Volk gebraucht, gerade in Zeiten wie diesen! Wie konnte ich das zulassen?«

Theo zuckte mit den Schultern.

»Vielleicht magst du sie?«, vermutete er und grinste.

»Unsinn«, widersprach Jonadin empört und lief nervös auf und ab. »Ich brauche sicher ein paar Tage, um meine Magie wieder aufzutanken. Warum hat Mutter Erde mich nicht aufgehalten? Was soll jetzt mit Lea werden? Sie muss so schnell wie möglich nach Erigan zu Cordelius! Dort ist sie in Sicherheit. Ich habe im Moment nicht einmal genug Magie, um einen Tee abzukühlen!«

»Dann bleiben wir hier«, entschied Theo. »Darians Baumhaus ist in der Nähe. Tagsüber kannst du Mutter Erde nah sein und in der Nacht kannst du in den Bäumen in ihren Armen schlafen.«

»Ja«, stimmte Jonadin zu und blieb stehen. »Aber was ist mit Lea?«

Theo schüttelte den Kopf.

»Du kannst ihr nicht helfen, aber Rion kann es. Seine Magie ist beachtlich und er ist ein Beschützer. Er kann sie gegen Elfen- und Menschengewalt schützen, bis du wieder bereit bist. So lange weiche ich nicht von deiner Seite.«

»Ich weiß nicht, ob Lea das recht sein wird«, murmelte Jonadin. »Bei ihrer gemeinsamen Vergangenheit …« Er biss sich auf die Lippe und verstummte.

»Die beiden kennen sich näher?«, fragte Theo neugierig und hob überrascht die Augenbrauen.

»Ähm … nein, nicht wirklich«, log Jonadin.

Niemand wusste, wie der Bann bei Rion gebrochen wurde. Zumindest Jonadin hatte sich geschworen, es keinem zu verraten. Das war einzig und allein eine Sache zwischen Rion und Lea.

»Na, dann ist doch alles klar!«, rief Theo und zog sein Handy aus der Tasche. »Ich rufe Rion an.«

Jonadin nickte müde, setzte sich wieder auf den Boden und lehnte sich mit dem Rücken an die stattliche Buche.

Ach, Mutter Erde, seufzte er in Gedanken und schloss die Augen. Deine Macht ist unermesslich, deine Weisheit unendlich und mein Schicksal liegt in deinen Händen. Du hast mir einen Platz im Elfenreich zugeteilt und ich habe ihn mit Freuden angenommen. Mein Leben habe ich meinem Volk gewidmet, nichts ist mir wichtiger als das Wohl der Elfen. Warum hast du zugelassen, dass ich jetzt ohne Magie bin? Ich fühle mich hilflos und verloren und kann meinem Volk nicht dienen. Wenn ich einen Fehler gemacht habe, bitte ich dich um Verzeihung. Wenn du zufrieden mit mir warst, gib mir ein Zeichen, was die Zukunft bringt.

Theo telefonierte immer noch mit Rion, doch Jonadin hörte ihm nicht zu. Er öffnete die Augen und sein Blick fiel direkt auf zwei sich paarende Marienkäfer. Im ersten Moment keuchte er erschrocken auf, doch dann lachte er leise.

Wie vermessen von ihm zu glauben, Mutter Erde würde ihm ihre Absichten offenbaren. Außerdem war es Hochsommer. Marienkäfer pflanzten sich im Frühling fort. Das war kein Zeichen, das war Zufall.

Kapitel 11

Am nächsten Morgen saßen Lea und Herr Meinert auf dem Sofa, während Rion mit dem Handy am Ohr im Wohnzimmer auf und ab lief. Seiner Miene nach zu urteilen, hatte Theo keine guten Nachrichten für ihn.

Endlich beendete Rion das Gespräch und atmete tief durch.

»Was ist passiert?«, rief Lea angespannt. »Ist was mit Katharina?«

»Deiner Freundin geht es gut, aber sie hat Jonadins gesamte Magie aufgesaugt.«

Lea atmete erleichtert auf. »Gott sei Dank! Ich wusste, dass Jonadin ihr helfen würde.«

»Ja«, brummte Rion ärgerlich. »Und das hat einen unserer magischsten Elfen handlungsunfähig gemacht.«

Lea schluckte und Rion starrte vor sich hin. Theo hatte ihn gebeten, so lange mit Lea bei Herrn Meinert zu bleiben, bis Jonadins Magie aufgefüllt war, doch Rion hatte das abgelehnt. Er erinnerte Theo an die Taten Rowians. Der hatte Menschen mit der Kraft seiner Gedanken manipuliert und sie auf Helfer wie Lea gehetzt, um sie zu töten. Was, wenn ein Elf ihm nacheiferte?

Rion spürte die Anwesenheit anderer Elfen. Innerhalb der Familienbande konnten das fast alle seines Volkes, doch Rions Gabe ging weit darüber hinaus. Die Gegenwart eines Menschen fühlte Rion nach dem Bruch des Bannes jedoch nicht mehr. Und hier in der Stadt, zwischen all dem Beton und der Technik, waren seine Sinne nicht so scharf wie in der Natur.

Deshalb wollte er sich mit Lea auf den Weg nach Erigan machen. Zumindest so lange, bis Jonadin sich wieder erholt hatte und sie auf dem Weg aufsammeln konnte.

Außerdem hoffte er, es würde seine innere Unruhe besänftigen. Diese eine Nacht mit Lea vor vier Jahren hatte er immer wieder vor Augen. Elfen konnten sich an Vergangenes sehr gut erinnern und diese Bilder jederzeit abrufen. Doch Rion war fest davon überzeugt, dass ihm seine Erinnerung einen Streich spielte. Sie gaukelte ihm vor, er hätte Gefühle für diese Frau, würde sich zu ihr hingezogen fühlen und zeigte ihm Visionen, wie sie als Partnerin an seiner Seite lebte. Dummer Elf. Eine Weile mit Lea allein zu verbringen, würde sicher ausreichen, um seine Erinnerungen ins rechte Licht zu rücken.

»Wir brechen sofort auf«, entschied Rion. »Hier bist du nicht sicher.«

»Ich könnte Sie mit dem Wagen …«

»Nein«, unterbrach Rion den alten Herrn barsch.

»Aber sie hat keine Schuhe«, warf Herr Meinert schüchtern ein.

»Es wird doch wohl in diesem Nest hier ein Schuhgeschäft geben, oder?«

Herr Meinert zuckte zusammen und lief rot an. Dann straffte er die Schultern und stand auf.

»Ich habe allerhöchsten Respekt vor Ihnen und Ihrem Volk, aber ich verbitte mir, meine Heimat abfällig als Nest zu bezeichnen! Wir haben hier zwar kein Schuhgeschäft, aber ich glaube, die junge Dame hat meine Größe. Ich habe noch ein neues Paar Wanderschuhe. Entschuldigen Sie mich einen Moment, ich hole sie.«

Steifbeinig stakste Herr Meinert aus dem Raum und Rion sah ihm verwundert hinterher.

»Das war wirklich nicht sehr nett von dir«, tadelte Lea ihn.

»Ich bin nicht nett«, knurrte Rion ärgerlich. »Ich bin ein Beschützer, der weit weg von seiner Heimat ist und seine Frau vermisst!«

Gegen Mittag verabschiedeten sich Lea und Rion von Herrn Meinert. Seine Schuhe passten Lea wie angegossen und er hatte auch ihre Sachen in der Nacht noch in die Waschmaschine und heute Morgen in den Trockner gepackt. Außerdem hatte er einen großen Rucksack aufgetrieben, zwei dünne Schlafsäcke und etwas Proviant.

Rion bestand darauf, Lea auf den Armen aus der Stadt hinaus zu tragen, damit kein Mensch sie sehen konnte. Erst nachdem sie ein paar Meter in den Wald eingedrungen waren, ließ er sie hinunter.

Drei Stunden liefen sie querfeldein Richtung Nordosten. Zuerst durchquerten sie einen mit Buchen und Fichten bewachsenen Mischwald. Hier war das Unterholz stellenweise dicht gewachsen und umgestürzte Bäume lagen kreuz und quer auf dem Boden. Doch Rion fand immer einen bequem zu gehenden Weg. Als würde er an einer unsichtbaren Schnur durch die Wildnis gezogen, lief er voran und Lea hinterher.

Hätten sie das Angebot von Herrn Meinert angenommen, wären sie längst in Erigan, dachte Lea. Sie hatte keine Ahnung, warum Rion es so unfreundlich abgelehnt hatte, aber es war ihr auch egal. Rion würde schon auf sie achtgeben, Katharina ging es gut und Lea liebte es, durch die Wälder zu wandern.

Etwas Zeit in der Natur zu verbringen, tat ihrer Seele sicher gut.

Die Sonne versank am Himmel und schien nur noch spärlich auf den mit Nadeln und Tannenzapfen bedeckten Waldboden. Lea hörte nichts, außer den Geräuschen des Waldes. Ein leises Knabbern, wenn ein Eichhörnchen an den Zapfen nagte, das Zwitschern der Vögel, die sich einen Schlafplatz in den Bäumen suchten und ab und zu das Knacken von Zweigen. Für Letzteres war sie selbst meist die Urheberin, denn Rion lief lautlos wie ein Schatten. Trotz seiner Größe und Kraft bewegte er sich, als wäre er ein Teil des Waldes.

Er ist ein Teil davon, dachte Lea. Auch sie liebte die Natur, doch sie würde niemals so eins mit ihr werden wie Rion.

Unvermittelt blieb Rion stehen und drehte sich zu ihr um.

»Hier machen wir Rast«, entschied er und sah zu einer großen entwurzelten Fichte.

Sie lehnte halb umgefallen an anderen Bäumen und ihre flachen Wurzeln hatten den Waldboden mit angehoben. Wie ein natürliches Abdach bot sie so Schutz vor Wind und Regen, auch wenn das Wetter im Moment nicht danach aussah.

»Wo sind wir hier eigentlich?«, fragte Lea.

»In der Nähe der Ruine Trageburg. Dort hinten fließt die Rappbode.« Rion ließ den Rucksack über die Schultern hinab gleiten und nickte mit dem Kopf in die Richtung. »Zumindest früher einmal. Nachdem ihr Menschen ihren natürlichen Lauf mit einer riesigen Mauer gebremst habt, fließt sie nicht mehr.«

Sein grimmiger Tonfall ließ Lea aufblicken und sie zog ärgerlich die Augenbrauen zusammen.

»Dafür ist die Trinkwasserversorgung in der Region gesichert und es gibt nicht mehr so heftige Überschwemmungen«, rechtfertigte sie sich.

Rion warf ihr einen bösen Blick zu. »Auf Kosten von Mutter Erde. Weißt du, wie viele Tiere und Pflanzen dabei vernichtet wurden? Wie viele Fische zugrundegegangen sind, weil sie ihre Laichplätze nicht mehr erreichen?«

Lea schnaubte und schwieg. Ähnliche Diskussionen hatte sie schon oft mit anderen Elfen geführt und nur selten Verständnis für die Menschen gewinnen können. Bei Rion war sicher jedes weitere Wort vergebens.

Sie setzte sich auf einen Stein und beobachtete ihn aus dem Augenwinkel. Mit den Händen machte er ein paar fließende Bewegungen in Richtung des toten Baumes. Im nächsten Moment huschten hunderte Insekten und Krabbeltiere aus dem Wurzelgeflecht. Lea schüttelte sich.

Sie hatte kein Problem mit Spinnen, Maden oder Käfern, doch die Nacht hautnah mit ihnen zu verbringen, war nicht unbedingt ihr Ding. Rions anscheinend auch nicht, dachte sie dankbar.

Vor der Wurzel schob Rion jetzt mit den Stiefeln eine Mulde in den Boden. Als die nackte Erde vor ihm lag, ging er in die Knie und legte beide Handflächen darauf. Er murmelte ein paar Worte, die Lea nicht verstand und hob langsam die Hände hoch. Direkt auf dem Waldboden glühte ein Funke und je höher Rion die Arme hob, desto größer wurde er. Bald loderte eine Flamme ein paar Zentimeter über dem Boden. Wie ein überdimensionales Kerzenlicht spendete sie Licht und Wärme und Lea starrte wie hypnotisiert hinein. Es erinnerte sie daran, wie Rion damals die Fackeln in ihrem Schlafzimmer entzündet hatte. Schnell schob sie diesen Gedanken beiseite.
Rion holte schweigend die Provianttüte aus dem Rucksack und öffnete sie.

»Hast du Hunger?«, fragte er.

Hunger? Kaum hatte er es ausgesprochen, fing Leas Magen an zu knurren.

»Ja und wie!«, antwortete sie inbrünstig, stand auf und eilte zu ihm hinüber.

Sie hockte sich neben ihn und er reichte ihr Brot und Käse. Rion zog ein Messer aus seinem Stiefel und schnitt eine Salami in dicke Scheiben. Er sah kurz zu Lea, die sich ein großes Stück Käse in den Mund schob, und schüttelte den Kopf.

Der erste Zauber, den Elfenfrauen lernten, war der, wie man seinen Hunger zügelte. Dalari aß niemals, bis sie satt war. Manchmal pickte sie wie ein Spatz nur einzelne Krümel von ihrem Teller. Sie kaute gründlich und schluckte mit Anmut. Den Ausdruck von grenzenlosem Genuss auf ihrem Gesicht hatte er noch nie gesehen. Auch nicht bei anderen Dingen.

»Gott, ist das lecker«, stöhnte Lea in diesem Moment und ließ sich rücklings auf den Waldboden fallen. »Noch einen Bissen mehr und ich platze!«, lachte sie.

»Du isst mehr, als du verbrauchst«, bemerkte Rion.

Er schnitt sich eine Scheibe Salami ab, schob sie in den Mund und sah kauend auf Lea hinab. Sie hatte schon damals keine elfenhafte Figur gehabt. Jetzt waren ihre Rundungen noch etwas weiblicher. Ihre Taille war zwar schmal, doch ihre Hüften ausladend und ihre Oberweite … Rion schluckte, als er sich daran erinnerte, wie er sie das erste Mal berührt hatte.

»Hast du kein Problem mit deinem Gewicht?«, fragte er.

Lea schnaubte abfällig und grinste.

»Nö«, antwortete sie. »Meine Hüften vielleicht, mein Bauch eventuell oder meine Mitmenschen.« Dann stockte sie kurz und zwinkerte ihm zu. »Oder du, wenn du mich mal wieder tragen musst?«

Rion konnte sich ein Grinsen nicht verkneifen und es war das erste Mal, dass Lea ihn wirklich wiedererkannte. Diese Grübchen in den Wangen, die ebenmäßigen Zähne und diese Lachfalten, die sich in seinen rechten Mundwinkel ein wenig tiefer gruben als in den linken.

Leas Herz schlug bei seinem Anblick schneller. Sie hatte gehofft, ihre Gefühle für Rion wären in all den Jahren abgekühlt. Doch das war ein Trugschluss. Ein einziges Lächeln von ihm hatte gereicht, um ihre sorgsam hochgezogenen Mauern innerhalb von einer Sekunde zum Einsturz zu bringen.

Sie seufzte, setzte sich auf und wandte den Blick ab.

Die Sonne hatte sich mittlerweile hinter den Bergen versteckt, doch hier im Wald war es noch angenehm warm. Die Bäume hatten Lea und Rion vor der sengenden Hitze geschützt und schienen nun die gespeicherte Wärme des Tages wieder abzugeben. Lea atmete tief ein. Sie liebte den Geruch des Waldes. Die letzten Vögel verstummten, ein Waldkauz rief und in der Nähe hörte man das Wasser des gestauten

Flusses gurgeln. Der Vollmond leuchtete am Himmel und tauchte den Wald in ein kaltes Licht.

Lea stand auf und klopfte sich Fichtennadeln und Erde von der Hose.

»Ich geh mal zum Fluss und mach mich etwas frisch«, erklärte sie und Rion nickte stumm.

Sie folgte dem Geräusch des Wassers. Bald ging es steil bergab und kurz darauf stand sie direkt am Fluss. Sie krempelte die Hosenbeine hoch, zog Schuhe und Socken aus und stieg vorsichtig in das kalte Nass. Sie beugte sich hinab, hielt die Hände hinein und wusch dann über ihre Arme und ihr Gesicht. Eine Weile watete sie auf und ab, dann kletterte sie wieder ans Ufer und setzte sich auf den Boden. Sie streckte die Beine aus, stützte sich mit den Armen ab und sah aufs Wasser. Eine leichte Brise kräuselte die Oberfläche und das Mondlicht spiegelte sich darauf.

Lea dachte an Katharina und schluckte. Sie sah den Feuerfluch vor sich, der ihre Wohnung zerstört hatte und die Panik in Katharinas Augen, als es in der vermeintlich sicheren Unterkunft erneut anfing zu brennen. Sie roch den Qualm und sie schmeckte die Angst. Katharina hätte sterben können. Sie beide hätten sterben können.

Stumm rannen Tränen über Leas Wangen. Was hatte sie getan, dass ein Elf ihren Tod wollte? Alles was in ihrer Macht stand, tat sie, um zu helfen. Um Darian, Zarek, York und den anderen ein Leben in der Menschenwelt zu ermöglichen, verstieß sie sogar gegen die Gesetze ihres eigenen Volkes. Wie schon ihre Eltern achtete Lea immer auf drohende Gefahren für die Elfen und bewahrte ihr Geheimnis. Und zum Dank dafür wollte nun einer von ihnen sie umbringen!

Lea schluchzte. Rion war ihr gegenüber so kalt und abweisend wie früher, bevor der Bann bei ihm gebrochen war. Dabei hatte sie in ihrer gemeinsamen Nacht so viel Wärme und sogar Zuneigung in seinen Augen gesehen. Lea war nicht naiv. Was sie in Rions Blick zu sehen glaubte, entsprang einzig und allein ihren Wünschen und nicht der Realität. Doch diese Erinnerung wollte sie behalten und war Rion deshalb all die Jahre aus dem Weg gegangen. Sie hatte nur gehofft, dass er bei einem zufälligen Auf-einandertreffen zumindest höflich zu ihr sein würde. Das war wohl zuviel verlangt. Und sein Verhalten ihr gegenüber verletzte sie mehr, als sie zugeben wollte.

»Lea?«, hörte sie Rion ungeduldig rufen.

Mit dem Saum ihres T-Shirts wischte sie sich über das Gesicht und zog Socken und Schuhe wieder an. Sie blickte zum anderen Ufer und stutzte. Ein prächtiger Hirsch brach dort durch das Unterholz, schritt zum Fluss und stillte seinen Durst. Lea sah neugierig hinüber. Das Tier war ziemlich weit weg, aber selbst auf diese Entfernung schien es doppelt so groß zu sein wie alle Hirsche, die Lea je gesehen hatte. Sein Geweih war riesig und an der rechten Krone waren einige Enden abgebrochen. Trotzdem wirkte das Tier majestätisch und anmutig. Ganz sicher war dies ein Hirsch aus der zweiten Welt.

»Lea!«

Das Tier hob den Kopf, sah sich witternd um und verschwand wieder im Unterholz.

Lea räusperte sich und schluckte.

»Ich komme!«, rief sie und ging zu Rion zurück.

»Wo warst du so lange?«, brummte er. »Ich wollte dich schon suchen gehen.«

»Bin ja wieder da«, murmelte sie, setzte sich neben ihn und senkte den Kopf.

Rion beugte sich vor und musterte sie.

»Du hast geheult«, stellte er spöttisch fest.

»Ja und?«, schnauzte Lea und sah ihn wütend an. »Was würdest du denn tun, wenn du monatelang drangsaliert wirst? Wenn jemand versucht, dich umzubringen und dabei dein bester Freund fast stirbt?«

Rion sah sie kalt an.

»Jedenfalls nicht heulen«, schnaubte er. »Tränen helfen niemandem.«

Lea schluckte die Bemerkung, die ihr auf den Lippen lag, hinunter und stand auf. Umständlich kramte sie in dem Rucksack nach einem der Schlafsäcke und legte sich damit in den Schutz der großen Wurzel.

»Gute Nacht«, rief Rion ihr hinterher.

»Leck mich«, brummte Lea und drehte ihm den Rücken zu.

Kapitel 12

»Was wollt ihr?«

Rions drohende Stimme riss Lea aus dem Schlaf und sie öffnete blinzelnd die Augen. Die ersten Strahlen der Morgensonne drangen durch das Blätterdach und blendeten sie.

»Rion?«, murmelte sie.

»Sei still, kein Wort«, zischte er ihr zu.

»Wir wollen den Menschen«, hörte Lea eine fremde Stimme und riss erschrocken die Augen auf.

Sie hob den Kopf und sah vier Elfen, die einen Halbkreis um ihr Nachtlager gebildet hatten. Sie waren mit Bögen und Schwertern bewaffnet und hatten ihre unteren Gesichtshälften mit Tüchern maskiert.

»Nein«, spie Rion ihnen jetzt entgegen.

Er stand breitbeinig vor der umgestürzten Wurzel und schirmte Lea mit seinem Körper ab.

»Rion, wir wollen keinen Ärger mit dir. Geh einfach. Sag, sie sei dir davongelaufen und überlasse sie uns«, schlug ihm einer der Elfen vor und griff nach einem Pfeil in seinem Köcher.

»Das würde ich lassen«, knirschte Rion, hob leicht die Arme und öffnete seine Hände.

In jeder Handfläche tanzten zwei kleine Feuerbälle, die von Sekunde zu Sekunde größer wurden. Lea robbte mit ihrem Schlafsack in die hinterste Ecke und starrte auf Rion. Er beherrschte den Feuerfluch? Sie hatte gestern gesehen, wie er eine große Flamme erzeugt hatte. Nicht viele Elfen waren dazu in der Lage. Aber gleich vier Flüche im Bruchteil einer Sekunde zu erschaffen? Das jagte selbst ihr Angst ein.

Die Elfen erstarrten, warfen sich verunsichert Blicke zu und traten schließlich einen Schritt zurück.

»Rion«, stammelte einer von ihnen. »Du willst doch deine Macht nicht gegen dein eigenes Volk richten?«

»Wenn ihr mir keine Wahl lasst?«, antwortete Rion und das Feuer in seinen Händen begann sich zu drehen. »Ich habe vom Elfenrat den Befehl, auf diese Frau zu achten. Ob es mir gefällt oder nicht. Also zwingt mich nicht, euch zu töten.«

Die Feuerbälle in Rions Händen wirbelten umeinander und Funken stoben in die Luft.

»Wir gehen«, erklärte einer der Elfen zähneknirschend. »Aber wir werden nicht aufgeben. Du kannst nicht dein Leben lang auf sie achtgeben.«

»Vermutlich nicht«, entgegnete Rion. »Aber heute schon.«

Die Elfen drehten sich um und liefen leichtfüßig durch den Wald davon.

Rion murmelte ein Wort und die Feuerbälle erloschen. Asche rieselte wie schwarzer Schnee auf den Waldboden.

Lea rappelte sich auf, stellte sich schutzsuchend hinter Rion und blickte den Elfen nach.

»Was wollten die?«, flüsterte sie ängstlich und Tränen schwammen in ihren Augen.

Rion drehte sich um und sah auf sie hinab.

»Dich! Hast du doch gehört«, brummte er.

»Ja, aber ich verstehe das nicht! Was hab ich denn getan?«

Rion schnaubte verächtlich.

»Fang jetzt bloß nicht wieder an zu heulen«, knurrte er und begann, ihre Sachen in den Rucksack zu packen. »Wir verschwinden hier.«

Lea schluckte die Tränen hinunter. Ihre Angst verwandelte sich von einer Sekunde zur anderen in Wut. Konnte Rion nicht ein wenig Verständnis für sie aufbringen? Verdammt, sie hasste ihn!

»Jetzt komm schon«, forderte er sie auf.

»Ich muss eben noch Pipi!«, keifte sie zurück. »Das wird wohl noch gehen, oder? Die Elfen sind ja schließlich weg!«

»Ja, aber beeil dich«, brummte er.

Lea verdrehte die Augen, ging ein Stück in den Wald hinein und hockte sich hinter den dicken Stamm einer Fichte. Als sie fertig war, richtete sie sich auf und hielt überrascht die Luft an. Keine hundert Meter von ihr entfernt stand der Hirsch, den sie gestern Abend am anderen Ufer gesehen hatte. Er reckte seinen Kopf und knabberte an den jungen Fichtennadeln. Aus der Nähe war er noch beeindruckender. Seine abgebrochene Krone minderte seine majestätische Erscheinung nicht im Geringsten. Lea stand ganz still und beobachtete ihn. Das Tier senkte den Kopf und sah kauend zu ihr herüber. Plötzlich ertönte ein leiser Pfiff. Der Hirsch stellte lauschend die Ohren auf, drehte sich um und ging gemächlich tiefer in den Wald. Lea blinzelte. Es sah aus, als würde ein paar hundert Meter weiter ein Elf an einem Baum lehnen und der Hirsch ging direkt auf diesen zu. Lea versuchte, ihren Blick zu schärfen, um mehr zu erkennen …

»Bist du bald fertig?«, hörte sie Rion in diesem Moment rufen.

»Ja, verdammt, ich komme«, antwortete sie und ging zurück zu ihm.

*

Am Morgen desselben Tages fuhr Theo mit dem Wagen nach Schierke, um für sich und Jonadin ein paar Vorräte zu besorgen. Der Elf hatte gestern noch einen Teil seiner Magie auffüllen können. Er sah dabei aus wie ein Priester, der auf die Weihe wartete. Flach auf dem Bauch und die Arme von sich gestreckt, hatte er bis zur Abenddämmerung auf Mutter Erde gelegen.

Trotzdem war er noch so schwach gewesen, dass er nur mit Theos Hilfe hinauf zu Darians Baumhaus steigen konnte. Allmählich machte sich Theo wirklich Sorgen um ihn. Jonadin war fast fünfundsechzig Jahre alt. Für einen Menschen in diesem Alter war es okay, wenn er an einer Strickleiter nicht mehr vier Meter hoch in den Baum klettern konnte. Für einen Elfen jedoch nicht. Sie alterten nicht so schnell und Jonadins biologisches Alter durfte höchstens dem eines fitten Fünfzigjährigen entsprechen.

Deshalb rief Theo auf dem Weg in die Stadt Cordelius an. Der Älteste der Elfen beruhigte ihn. Wenn ein Elf seine ganze Magie gab, dauerte es immer zwei bis drei Tage, bevor er seine alten Kräfte zurückerlangte, erklärte er.

Theo kaufte ein und machte sich erleichtert auf den Rückweg. Als er um die Kurve auf Annarosas Haus zufuhr, bremste er abrupt. Direkt neben Leas Auto parkte ein fremder Wagen und ein Mann schlich sich gerade hinter das Haus.

Eilig stieg Theo aus.

»Hey! Sie!«, rief er. »Verschwinden Sie, Sie haben hier nichts zu suchen!«

Der Mann kam zurück und sah Theo verwundert an.

»Was wollen Sie hier?«, rief Theo ärgerlich. »Sehen Sie nicht das Absperrband? Das ist ein Tatort!«

Beschwichtigend hob der Fremde die Arme und duckte sich unter dem rot-weiß gestreiften Absperrband hindurch. Er griff mit einer Hand in die Tasche seines Jacketts und holte eine Karte hervor.

»Ich bin Kommissar Heimann«, erklärte er. »Ich habe also allen Grund, hier zu sein. Was ist mit Ihnen?«

Theo schluckte. Verdammt, damit hatte er nicht gerechnet.

»Ich … ähm … ich heiße Theo Uhlig.«

»Ah!«, rief der Kommissar erfreut. »Sie haben Frau Gierke gestern aus den Flammen gerettet.«

Theo nickte stumm.

»Und warum sind Sie jetzt hier, statt bei Ihrer Tante im Krankenhaus?«

»Oh, ähm …« Verzweifelt suchte Theo nach einer Ausrede. »Sie liegt auf der Intensivstation und ähm, also, sie ist nicht meine Tante. Also nicht wirklich. Deswegen darf ich nicht zu ihr«, gestand er. Der Polizei eine Verwandtschaft vorzulügen, war sicher keine gute Idee. »Meine Eltern kannten sie gut und für mich war sie immer nur Tante Katharina.«

»Ach so«, kommentierte der Kommissar. »Und was suchen Sie hier?«

»Na ja, ich dachte, ich seh mal nach, ob noch welche von Tante Katharinas Sachen das Feuer überlebt haben.«

»Das ist ein Tatort, lieber Herr Uhlig. Wie Sie mir vorhin so freundlich erklärt haben.«

»Ähm, ja klar.« Nervös rieb Theo mit der Hand seinen Nacken. »War wohl eine dumme Idee.«

»Ja«, bestätigte Kommissar Heimann knapp, erschauderte kurz und sah sich aufmerksam um. Theo folgte seinem Blick und riss überrascht die Augen auf. Am Rand der Lichtung, angelehnt an einem Baum, stand Jonadin und beobachtete sie. Mit der Hand machte Theo eine unauffällige Geste und deutete ihm so an, zu verschwinden.

Herr Heimann richtete seine Aufmerksamkeit wieder auf Theo. »Sagen Sie, kennen Sie Frau Weichstein, die Eigentümerin dieses Hauses?«

»Das gehört ihr doch gar nicht mehr«, rutschte es Theo heraus.

»Nicht?« Kommissar Heimann zog fragend die Augenbrauen hoch. »Wem denn dann?«

»Also, Tante Katharina hat es von einer Frau Merten gemietet«, log er und blieb dabei so nah wie möglich an der Wahrheit.

»Ach«, bemerkte Herr Heimann. »Samantha Merten?«

Theo nickte.

»Wieso überrascht mich das jetzt nicht«, brummte der Kommissar. »Wissen Sie, wo Frau Merten wohnt?«

»In Schierke, mit ihrem Mann und den zwei Kindern.«

Theo biss sich auf die Zunge. Er war so nervös, dass er anfing, viel zu viel auszuplaudern.

»Adresse?«

»Tut mir leid«, entgegnete Theo. »Die weiß ich nicht. Ich kann Ihnen nur sagen, was meine Tante mir erzählt hat.«

»Das werde ich schon herausbekommen«, murmelte Herr Heimann.

Er verabschiedete sich von Theo, stieg in seinen Wagen und fuhr davon.

Theo atmete hörbar auf. Kaum war der Kommissar außer Sichtweite, zog er sein Handy aus der Hosentasche und rief bei Sam und Darian an. Herr Heimann würde sicher nicht lange brauchen, um ihre Adresse ausfindig zu machen. Besser die beiden waren vorgewarnt, dass sie Besuch bekamen.

*

»Darian, machst du mal die Tür auf?«, rief Sam und versuchte zum dritten Mal, ihrem Sohn die Windel anzulegen. »Dion, jetzt halte doch mal still.«

Dion grinste seine Mutter an und Sam musste lachen. »Schatz, du windest dich wie ein Wasserpimpel! Wir wollen doch zum Kaffee zu Onkel Benjamin. Da kannst du nicht mit nacktem Popo hingehen!«

Dion gluckste und unten klingelte es erneut an der Haustür.

»Darian!«, rief Sam.

»Ja«, hörte sie die leicht genervt klingende Stimme ihres Mannes von unten. »Siana, ehrlich, du kannst allein Pipi machen. Es läuft auch, wenn Papa nicht danebensteht!«

Sam hörte Darians Schritte im Flur und gleich darauf das ohrenbetäubende Gebrüll ihrer Tochter. Der Lärm von unten lenkte Dion ab und Sam nutzte die Gelegenheit, um ihm Windel und Hose anzuziehen.

»Sam, ist für dich! Ein Kommissar Heimann!«, rief Darian hoch.

»Papaaa … feeertig!«, schrie Siana im selben Augenblick.

Darian verdrehte die Augen. »Warten Sie bitte einen Moment, ich muss zu meiner Tochter«, erklärte er dem Kommissar und verschwand.

Sam setzte sich Dion auf die Hüfte und ging die Treppe hinunter.

»Kommissar Heimann«, begrüßte sie den Mann, der etwas verloren zwischen Kinderwagen, Laufrad und Schuhen im Hausflur stand und sich neugierig umsah.

Sie gab ihm die Hand und führte ihn ins Wohnzimmer. »Ich hätte nicht gedacht, dass wir uns noch einmal wiedersehen.«

»Ich komme vielleicht ungelegen«, entschuldigte sich Herr Heimann. »Aber ich muss dringend mit Ihnen sprechen.«

»In einem Haushalt mit zwei kleinen Kindern kommt jeder unangemeldete Besuch ungelegen«, lachte Sam.

»Es geht um das Haus im Wald«, begann Kommissar Heimann und Sams Miene wurde ernst.

»Mein Mann und ich können es immer noch nicht fassen«, sagte sie. »Wir haben das Haus von Frau Weichstein übernommen und dort die letzten Jahre gelebt. Es war ein altes Haus, mit alten Leitungen, aber wir hatten nie irgendwelche Probleme. Wir sind so erleichtert, dass Frau Gierke gerettet wurde. Nicht auszudenken, was passiert wäre, wenn Theo nicht zufällig dort vorbeigekommen wäre.«

»Sie kennen Herrn Uhlig?«

»Ähm.« Sam räusperte sich und schuckelte Dion auf ihrem Schoß. »Nein, aber Frau Gierke hat von ihrem Neffen erzählt. Und wissen Sie, Schierke ist ein Dorf, da spricht sich alles sehr schnell herum.«
»Wissen Sie, Frau Merten, ich habe in meiner Karriere nur wenige Mordfälle nicht geklärt. Und einer davon steht im Zusammenhang mit diesem Haus, Frau Weichstein und Ihnen.«

»Ist das nicht ein bisschen weit hergeholt?«, unterbrach eine tiefe Stimme den Kommissar.

Darian stand im Türrahmen, hatte ein kleines Mädchen an der Hand und blickte Herrn Heimann finster an. »Ich hoffe doch sehr, dass Sie meine Frau nicht gerade als Mörderin verdächtigt haben.«

Der Kommissar drehte erschrocken den Kopf herum.

147

»Nein, nein, natürlich nicht«, beschwichtigte er, während Darian sich neben Sam setzte und Siana auf den Schoß nahm. »Die örtliche Polizei hat mich zu diesem Fall hinzugezogen. Das Geschoss, das Frau Gierke verletzt hat, hat verblüffende Ähnlichkeit mit der Waffe, mit der Peter Burlach damals erschossen wurde. Morde mit Pfeil und Bogen kommen in unseren Breitengraden eher selten vor. Das damalige Opfer hat Frau Weichstein und Ihre Frau beobachtet. Und jetzt ist in dem Haus von Frau Weichstein, Verzeihung, in Ihrem Haus, ein Mordanschlag verübt worden. Das wirft natürlich Fragen auf, denken Sie nicht?«

»Nein«, widersprach Sam. »Frau Gierke hat das Haus von uns für ein paar Tage gemietet. Das ist alles reiner Zufall!«

Kommissar Heimann setzte sich kerzengerade auf. »So? Haben Sie denn eine Quittung über diese Vermietung?«

»Nein«, erklärte Darian und lächelte kalt. »Wir haben uns Schwarzgeld dazuverdient. Zeigen Sie uns wegen Steuerhinterziehung an, aber hören Sie auf uns zu verdächtigen. Als die Hütte brannte, waren meine Frau und ich hier zu Hause, mit zwei an Durchfall erkrankten Kleinkindern. Zeugen gibt es dafür keine, aber Sie können gern die vollen Windeln in der Mülltonne konfiszieren.«

»Ihre Kleinen sehen aber schon wieder sehr fit aus«, bemerkte Herr Heimann spitz, während Siana an den langen Haaren ihres Vaters zog.

»Kinder erholen sich schnell«, erklärte Sam und stand auf. »Ich möchte Sie jetzt bitten, zu gehen. Wir haben noch eine Verabredung.«

Herr Heimann erhob sich steifbeinig und verabschiedete sich.

»Wir verdienen uns also Schwarzgeld?« Sam sah ihren Elfen verwundert an. »Wo hast du das denn her?«

»Theo hat mir vorhin am Telefon ein paar Tipps gegeben« grinste Darian und zwinkerte Sam zu. »Jetzt ist er bestimmt schon auf dem Weg ins Krankenhaus. Er wollte mit Frau Gierke sprechen, bevor die Polizei mit ihr reden kann. Der Junge ist wirklich gut!«

✳

»Frau Gierke? Hier ist Besuch für Sie.«

Katharina stand am Fenster und drehte sich zu der Krankenschwester herum.

»Ist es Lea?«, rief sie erfreut.

»Nein, Ihr Neffe«, erklärte die Schwester. »Möchten Sie ihn sehen?«

Katharina stutzte einen Moment. Dann lächelte sie. »Natürlich, mein Neffe, der mir das Leben gerettet hat!«

Die Krankenschwester trat zur Seite und ein junger Mann kam herein. Er hatte dunkelrotes lockiges Haar, das sich in Korkenzieherlocken auf seinem Kopf auftürmte. Sein Gesicht war übersät mit Sommersprossen und seine grünen Augen funkelten fröhlich. Er war einen Meter achtzig groß und schlank. Katharina konnte sich nicht erinnern, ihn jemals gesehen zu haben.

»Tante Katharina«, begrüßte er sie überschwänglich, schloss die Tür hinter sich und sperrte die Schwester damit aus.

Ein paar Meter vor ihr blieb er stehen und sah sie offen an.

»Mein Name ist Theo Uhlig. Das kommt Ihnen jetzt bestimmt etwas sonderbar vor, aber ich muss dringend mit Ihnen sprechen.«

Katharina legte den Kopf schräg. »Sie haben mich aus dem brennenden Haus getragen?«

Theo lächelte verlegen. »Ich weiß, ich sehe nicht besonders stark aus, aber in so einer Situation bekommt man Bärenkräfte.«

»Wie geht es Lea?«

»Es geht ihr gut. Sie ist in Sicherheit. Und wie geht es Ihnen?«

»Ganz gut, obwohl ich mir nicht sicher bin, ob das nicht alles nur ein Traum ist. Die Ärzte sagen, meine Verletzungen wären unnatürlich schnell geheilt. Eigentlich müsste ich jetzt im Koma liegen und dürfte nach so einer Kopfverletzung erst in ein paar Wochen wieder damit anfangen, gehen und sprechen zu lernen.«

Theo nickte verständnisvoll.

»Glauben Sie an Schutzengel?«, fragte Katharina und sah ihn aufmerksam an.

Theo konnte sich ein Grinsen nicht verkneifen. »Er ist kein Engel.«

Katharina hob erstaunt die Augenbrauen. »Sie kennen ihn?«

Theo nickte. Er beschrieb Jonadin, so gut er konnte und Katharina starrte ihn verwundert an.

»Ich habe den Ärzten davon erzählt. Auch, dass eine der Krankenschwestern ihn gestern Morgen gesehen haben muss, aber sie glauben mir nicht. Stattdessen habe ich heute Nachmittag Termine bei einem Neurologen und einem Psychologen. Sie denken, ich habe Halluzinationen durch meine Verletzung. Aber ich fühle mich gut.«

Theo holte tief Luft.

»Es sind keine Halluzinationen. Ich kann Ihnen das alles jetzt nicht erklären, aber ich habe eine Bitte.«

Katharina hörte aufmerksam zu.

»Der Anschlag in Ihrer Wohnung und der im Waldhaus galten Lea. Wir haben sie in Sicherheit gebracht. Wir würden auch Sie gern dorthin bringen, wenn Sie einverstanden sind.«

»Jetzt?«

»Am liebsten«, gestand Theo. »Bevor die Polizei kommt.«

»Polizei?«, wiederholte Katharina überrascht.

Theo sah sie eindringlich an. »Wir sind diejenigen, die Lea vom Auto aus angerufen und um Hilfe gebeten hat. Erinnern Sie sich daran? Leider kamen wir zu spät. Das Waldhaus gehört Freunden von Lea. Die Polizei denkt jetzt, die hätten etwas mit dem Brandanschlag und dem Mordversuch an Ihnen zu tun. Das ist völliger Unsinn. Um Lea da rauszuhalten, haben wir gelogen. Wir haben erzählt, Sie hätten das Haus für einen Urlaub gemietet und auch gleich bar bezahlt.«

»Aha …«, murmelte Katharina.

»Na ja, und um meine Anwesenheit dort zu erklären, habe ich gesagt, Sie wären eine Freundin meiner Eltern und ich hätte meine Tante Katharina an ihrem Urlaubsort besuchen wollen.«

»Ich verstehe …«

»Dann kommen Sie also mit mir mit?«, fragte Theo hoffnungsvoll.

»Nein«, antwortete Katharina.

»Ähm …«

»Sie haben mir gerade erzählt, wie ausgezeichnet Sie lügen können. Bevor ich mit Ihnen gehe, möchte ich erst einmal mit Lea sprechen. Mein Handy ist im Haus zurückgeblieben und ich glaube, das von Lea auch. Aber wenn sie bei Freunden von Ihnen ist, dürfte es nicht so schwer sein, sie anzurufen.«

»Natürlich, das ist kein Problem.« Er zog sein Handy aus der Hosentasche, wählte Rions Nummer und gab das Telefon an Katharina weiter.

Kapitel 13

Eine Stunde liefen Rion und Lea durch den Wald, bis er ihr endlich eine Pause und etwas zu Essen gönnte.

»Warum gehen wir Richtung Süden?«

Rion hob überrascht eine Augenbraue. Er hatte nicht damit gerechnet, dass Lea sich in den Wäldern orientieren konnte.

»Die Elfen von heute Morgen werden denken, dass wir nach Erigan, also in den Osten, wandern. Dass wir uns mit Jonadin treffen, können sie nicht wissen.«

Lea nickte. »Was glaubst du, wie lange wird es dauern, bis er seine Magie zurückhat?«

»Spätestens Morgen«, antwortete Rion knapp und stand auf. »Wir müssen weiter. Noch knapp drei Stunden und wir erreichen eine meiner Hütten.«

»Du hast hier im Harz eine Unterkunft?«, fragte Lea überrascht.

Rion schnaubte. »Ja, sagte ich doch.«

Lea biss die Zähne aufeinander. Morgen würde Jonadin kommen und sie von diesem Kerl erlösen. Sie konnte es kaum erwarten.

Rion ging voran und Lea hatte Mühe, ihm zu folgen. Er legte absichtlich ein schnelles Tempo vor, denn er wollte sich nicht mehr als nötig mit Lea unterhalten. Gestern Abend hatte er sie zu nah an sich herangelassen. Das Gespräch über ihre Essgewohnheiten hatte ihn amüsiert. Er hatte gelacht. Er hatte ewig nicht mehr gelacht. Mit Dalari scherzte man nicht. Man respektierte sich, man nahm sich ernst und ging achtsam miteinander um.

Nach all den schlimmen Dingen, die Lea widerfahren waren, hatte sie trotzdem den Humor nicht verloren. Sie konnte fröhlich und unbeschwert sein, wenn auch nur für einen Augenblick. Rion bewunderte sie, er … Es wurde Zeit, dass Jonadin kam und er diese Frau loswurde.

Je weiter sie Richtung Süden wanderten, desto häufiger durchbrachen Buchen den Fichtenwald. Am Himmel zogen dunkle Wolken auf und Rion beschleunigte seine Schritte.

»Es wird ein Unwetter geben«, erklärte er. »Wir sollten uns beeilen. Der Wald ist bei Gewitter kein guter Ort.«

Bald erreichten sie eine hinter dicken Baumstämmen und Büschen versteckte Holzhütte. Mit einer Handbewegung brach Rion den schützenden Bann über dem Eingang und ging mit Lea hinein.

Neugierig sah Lea sich um. Es war eine kleine, spartanisch eingerichtete Hütte. Es gab nur einen Tisch mit zwei Stühlen, einige Regale und ein Bett. Darüber hingen ein Köcher mit Pfeilen und ein Elfenbogen. Auf allem lag eine dicke Staubschicht. Rion musste ewig nicht mehr hier gewesen sein.

Durch die Fenster fiel spärliches Licht herein und Rion entfachte mit Magie die Fackeln, die an den Wänden hingen. Er nahm die Felle vom Bett und schüttelte sie draußen aus. Der Himmel hatte sich zugezogen. Schwarze Wolken zogen heran und in der Ferne hallte der Donner.

»Das wird ungemütlich heute Nachmittag«, brummte er und sah sorgenvoll hinauf.

Während Lea den Rucksack ausräumte, ging Rion um das Haus herum und schützte es mit Magie vor Blitz und Regen. Er kam gerade wieder herein, als sein Handy klingelte.

»Ja?«, meldete er sich knapp. »Okay, ich geb sie dir. Für dich!«, erklärte er und gab das Gespräch an Lea weiter.

»Katharina!«, rief Lea im nächsten Moment erleichtert. »Gott, ich bin so froh, deine Stimme zu hören!«

*

»Und?«, fragte Theo gespannt, nachdem Katharina lange mit Lea gesprochen hatte. »Kommen Sie jetzt mit?«

Katharina reichte ihm das Handy zurück und seufzte.

»Mir ist ein bisschen schwindelig von all dem, was Lea mir erzählt hat. Und ehrlich gesagt, weiß ich nicht, ob ich das alles glauben kann. Eine Parallelwelt, in der ein unsichtbares Volk mit magischen Kräften lebt?«

»Sie haben selbst gesagt, dass sich die Ärzte nicht erklären können, warum ihre Wunden so schnell verheilt sind«, bekräftigte Theo.

Katharina drehte ihm den Rücken zu und starrte aus dem Fenster.

Draußen auf der Fensterbank saß ein Vogel. Er hatte dort auch gestern gesessen und Katharina hatte die Krankenschwester auf sein sonderbares Aussehen aufmerksam gemacht. Das Gefieder war grasgrün und die Krallen glichen eher den Händen eines Äffchens. Sein Kopf war mit Schuppen bedeckt und er hatte keinen Schnabel, sondern eine Schnauze wie eine Eidechse. Doch die Schwester hatte das Tier nicht sehen können.

Neben dem Empfangsbereich des Krankenhauses gab es einen Raum mit öffentlichen Rechnern für die Patienten. Katharina hatte den ganzen Nachmittag damit verbracht, nach diesem seltsamen Tier zu googeln. Doch im Netz fand sie nur eine einzige Seite, auf der das Tier beschrieben wurde. Die Homepage gehörte einem gewissen Dr. Hartmann und der letzte Eintrag lag schon etliche Jahre zurück. Über den Mann gab es kaum Informationen. Katharina fand lediglich einen Zeitungsartikel, der von dem Brand seines Hauses berichtete. Herr Hartmann sei vermutlich selbst der Brandstifter gewesen und spurlos verschwunden.

»Was ist das für ein Tier?«, fragte Katharina, ohne sich zu Theo umzudrehen.

Theo trat neben sie und sah hinaus.

»Das ist eine Flugechse«, antwortete er. »Ein Tier aus der zweiten Welt. Sie sind eines der wenigen Wesen, die sich gern in den Städten der Menschen aufhalten. Sie fressen Abfall und Aas. Vermutlich haben sie deswegen keine Federn am Kopf. Wären wohl schwer sauber zu halten.«

»Gibt es noch mehr dieser sonderbaren Tiere?«

Theo grinste. »Jede Menge. Wenn Sie mitkommen, können wir einen Spaziergang machen und ich zeige sie Ihnen. Na? Ist das kein unschlagbares Argument?«

Katharina lachte. Theo war ihr sympathisch. Und ihr Schutzengel mehr als das. Schade, dass er heute nicht mitgekommen war.

»Wo ist ihr Begleiter?«, fragte sie.

»Jonadin ist im Auto geblieben. Er fühlt sich in Städten und unter vielen Menschen nicht wohl«, antwortete Theo.

Lea hatte Katharina nur grob von der zweiten Welt erzählt. Sie hatte sie beschworen, ihr zu glauben und dass sie ihr später, wenn sie in Sicherheit wären, alles erklären würde. Katharina jetzt zu sagen, dass das Mitglied des Elfenrates fürchtete, sein Bann wäre brüchig geworden, wäre keine gute Idee. Das würde nur weitere Fragen aufwerfen und noch mehr Antworten erfordern. Die arme Frau Gierke war nach dem Telefonat mit Lea schon aufgewühlt genug.

»Jonadin«, murmelte Katharina. »Ein schöner Name.«

Sie holte tief Luft und straffte die Schultern. Sie wollte gerade etwas sagen, als die Tür zu ihrem Krankenzimmer geöffnet wurde und Kommissar Heimann eintrat.

»Herr Uhlig! Sie hier?«, fragte er überrascht.

»Natürlich«, erklärte Theo und lächelte. »Meine Tante ist von der Intensivstation runter und da bin ich sofort hergeeilt!«

»Ich habe mich sehr über deinen Besuch gefreut, Theo.« Katharina ging auf ihn zu, nahm ihn in den Arm und drückte ihn. »Wir sehen uns dann Morgen, ich brauche etwas Zeit.«

»In Ordnung«, stammelte Theo, während Katharina die Tür öffnete und ihn hinauskomplimentierte.

An der Wand gegenüber dem Krankenzimmer lehnte Jonadin. Er lächelte und nickte Katharina zu. Theo zuckte erschrocken zusammen.

»Was machst du denn hier«, zischte er. »Du wolltest doch im Auto warten!«

Er griff nach Jonadins Ärmel und zog den Elfen hastig mit sich fort.

Katharina stand einen Moment lang wie versteinert in der Tür.

»Frau Gierke? Ist alles in Ordnung mit Ihnen?«, fragte Kommissar Heimann besorgt.

Katharina schreckte auf und drehte sich zu ihm herum. »Haben Sie den Mann im Flur auch gesehen?«

»Herrn Uhlig? Ja, natürlich.«

»Nicht meinen Neffen«, widersprach Katharina. »Den anderen, der dort an der Wand lehnte. Mit den langen graublonden Haaren und der Kutte. Den mein Neffe eben so unsanft mitgerissen hat!«

Der Kommissar schüttelte den Kopf und blickte noch einmal hinaus in den Flur. Er sah noch, wie Theo Uhlig die Station verließ – allein.

»Nein, tut mir leid. Da war sonst niemand. Sind Sie sicher, dass es Ihnen gut geht? Soll ich einen Arzt rufen?«

Katharina lächelte gezwungen. »Nein, nein. Es werden wohl die Nachwirkungen der Narkose sein. Der Arzt sagte, so etwas könne passieren.«

*

Theo fuhr mit Jonadin zurück in den Wald. Am Himmel zogen dunkle Wolken auf. Von Süden näherte sich ein Unwetter und Theo beeilte sich, im Baumhaus von Darian Schutz zu suchen. Während er noch einmal mit Rion telefonierte und für morgen einen Treffpunkt vereinbarte, legte sich Jonadin auf den Schoß von Mutter Erde.

Bald prasselte der Regen auf ihn herab, doch der Elf rührte sich nicht. Donner grollte durch die Luft, Blitze zuckten, der Himmel öffnete seine Schleusen, doch Jonadin blieb liegen.

Kapitel 14

»Wann kommen sie?«, fragte Lea gespannt, nachdem Theo noch einmal angerufen hatte.

Der Regen klatschte mittlerweile so laut auf das Dach der Hütte, dass Lea nichts von dem Gespräch hatte verstehen können.

»Morgen früh«, antwortete er einsilbig.

»Und? Kommt Katharina mit?«

»Keine Ahnung«, brummte Rion.

»Oh, ich hoffe, ich konnte sie überzeugen!«, seufzte Lea. Dann grinste sie. »Ich würde gern ihr Gesicht sehen, wenn sie nach Erigan kommt und ich ihr alles über dein Volk erzählen kann.«

Rion schnaubte abfällig. »Erst einmal muss sie sich als würdig erweisen.«

»Natürlich ist sie würdig!«, empörte sich Lea.

»Woher willst du das denn wissen?«

»Ich kenne Katharina schon seit Jahren! Außerdem hab ich eine gute Menschenkenntnis!«

»Menschenkenntnis«, wiederholte Rion verächtlich und drehte Lea den Rücken zu.

»Rion!«, rief Lea wütend, während ein Blitz das Innere der Hütte gespenstisch ausleuchtete und der darauf folgende Donner die Fenster vibrieren ließ. »Jetzt sei doch nicht immer so gemein zu mir. Ich hab dir doch nichts getan!«

»Nichts getan?«, fauchte Rion und drehte sich zu ihr um. »Du machst mir das Leben schwer! Wegen dir war ich gezwungen, Elfen zu bedrohen! Wegen dir sitze ich hier fest und kann nicht zu meiner Frau. Und es ist deine Schuld, dass mein Vater nicht mehr mit mir spricht!«

»Willst du mir jetzt wirklich vorwerfen, dass ich den Bann für dich gebrochen hab?«, spie Lea ihm entgegen. »Dass das deinem Vater nicht gefällt, hättest du dir ja wohl denken können!«

»Heilige Mutter Erde, schweig endlich!« Rion funkelte sie wütend an und ballte die Hände zu Fäusten.

»Du hast mir gar nichts zu befehlen«, fauchte Lea und draußen knallte es, als wäre ein Blitz ganz in der Nähe eingeschlagen. »Ich kenne dich, Rion, besser als dir lieb ist. Hätte ich dir nicht geholfen, wärst du irgendwann durch ein Tor gegangen, um den Bann zu brechen. Und ich wette, der Fluch deines Vaters hätte dich dann umgebracht.«

Drohend kam Rion auf sie zu.

»Wenn du klug wärst, würdest du jetzt den Mund halten«, knurrte er und stand im nächsten Moment dicht vor ihr.

»Sonst passiert was?«, fragte Lea provozierend. »Willst du mich umbringen? Wie deine netten Elfenfreunde?« Lea schnaubte spöttisch und blickte zur Seite.

Plötzlich nahm Rion ihren Kopf zwischen seine Hände. Er hielt sie wie ein Schraubstock und zwang sie, ihn anzusehen. Er beugte sich zu ihr hinunter und sah sie wütend an.

»Verdammtes Weib, was willst du eigentlich von mir?«

Lea zuckte zusammen. Rion war so nah, dass sie seinen Atem auf ihrem Gesicht spürte. Sie starrte in seine Augen und war plötzlich nicht mehr in der Lage sich zu bewegen oder wegzusehen. Seine Iris hatte noch dieselbe Farbe wie damals. Wie blauer Lapislazuli leuchtete sie, die goldenen Sprengel schienen von innen zu glühen und seine schwarze Pupille zog sie langsam in die Tiefe. Die Gedanken wirbelten in Leas Kopf und sie sah nur noch pulsierenden Nebel vor ihren Augen. Das Gefühl für Raum und Zeit verschwand, genauso wie die Welt um sie herum.

Als hätte er sich an ihr verbrannt, ließ Rion ruckartig ihren Kopf los. Seine Wut schien von einem Moment zum anderen verschwunden zu sein und seine Miene wechselte von überrascht zu ungläubig.

Lea dagegen riss entsetzt die Augen auf.

»Was hast du getan?«, keuchte sie.

Ihr Puls beschleunigte sich, ihr Atem ging schneller und ihre Finger krallten sich in sein Hemd. Erst schien es, als würde sie Halt suchen, doch dann stieß sie ihn mit aller Kraft von sich.

»Du Scheißkerl!«, schrie sie ihn an. »Wie kannst du es wagen!«

Rion rührte sich nicht und starrte sie fassungslos an.

»Dazu hattest du kein Recht«, krächzte Lea und Tränen rannen über ihre Wangen.

Dann drehte sie sich abrupt um und rannte aus dem Haus.

Benommen sah Rion ihr hinterher, dann starrte er auf seine Hände, die eben noch Leas Kopf gehalten hatten. Er hatte ihre Gedanken gelesen. Es war keine Absicht gewesen, er hatte sie nur zwingen wollen, ihm ins Gesicht zu sehen. Doch er hatte ihr eine Frage gestellt und die Magie hatte wie von selbst die Antwort aus Lea herausgesogen. Und er hatte mehr gesehen, als ihre Erinnerungen. Jetzt wusste er, was sie von ihm wollte.

Ein Blitz zuckte über den Himmel und der folgende Donner rollte durch die Berge.

»Lea«, flüsterte Rion benommen, dann ging ein Ruck durch seinen Körper.

Bei diesem Wetter war es im Wald lebensgefährlich! Er lief aus dem Haus und sah sich suchend um.

»Lea! Komm zurück!«, brüllte er, als er sie am anderen Ende der Wiese entdeckte.

Doch sie blieb nicht stehen, sondern verschwand zwischen den Bäumen.

»Heilige Mutter Erde«, fluchte Rion und lief ihr hinterher.

Der Sturm peitschte die Bäume und brach dicke Äste aus ihren Kronen. Es goss wie aus Eimern und in Sekunden war Rion nass bis auf die Haut. Der Regen war so stark, dass man nur wenige Meter weit sehen konnte. Als Rion Leas weißes T-Shirt zwischen den Bäumen aufblitzen sah, beschleunigte er seine Schritte, um sie nicht aus den Augen zu verlieren. Lea war schnell, stellte Rion besorgt fest. Ihre Wut schien ihr zusätzliche Kraft zu geben. Rion hatte sie fast erreicht, als in ihrer unmittelbaren Nähe der Blitz einschlug. Es gab einen lauten Knall, gefolgt von dröhnendem Donner. Knarzend wankte eine große Buche. Ihre Äste brachen und peitschten die benachbarten Bäume. Mit einem lauten Ächzen brach der Stamm, riss kleinere Bäume mit sich und die Buche fiel dumpf zu Boden. Wie gebannt starrte Rion auf den Baum, der ihn nur knapp verfehlt hatte. Benommen drehte er den Kopf in Leas Richtung. Sie war stehen geblieben und blickte mit großen Augen auf den gefällten Baum, der Rion fast erschlagen hätte.

»Verdammt Lea!«, knirschte Rion wütend, war im nächsten Moment bei ihr und schüttelte sie. »Hast du den Verstand verloren?«

Er packte sie grob am Arm und zog sie mit sich. Lea war mit den Nerven und ihren Kräften am Ende. Widerstandslos ließ sie sich von Rion führen und stolperte hinter ihm her.

»Jetzt reiß dich zusammen«, brüllte er gegen den Wind. »Hier vorn ist eine Höhle, da sind wir sicher!«

Der Sturm wehte ihnen Zweige und Blätter entgegen und der Regen klatschte unbarmherzig auf sie herab. Rion zog sie eine Anhöhe hinauf und plötzlich hörte der Regen auf.

Lea sah sich verwirrt um. Der Regen fiel wie ein Vorhang über den Eingang einer Höhle und den Wald draußen konnte man durch die Wassermassen kaum noch erkennen. Die Wände der Höhle waren uneben und rau. An der linken Seite war ein schmales

Plateau, in der Mitte bis zur rechten Seite lag ein türkisblauer See.

»Was hast du dir dabei gedacht, bei diesem Unwetter in den Wald zu laufen?«, schimpfte Rion und zog sie mit sich in den hinteren Teil der Höhle.

Hier waren das Donnern und Stürmen nicht so laut, wie am Eingang.

»Ich habe dich nicht gebeten, mir zu folgen!«, rechtfertigte sich Lea.

Rion blieb stehen und blickte sie ernst an. »Du hättest da draußen sterben können!«

»Was kümmert dich das?«

Rion sah an ihr hinab. Leas nasse Kleidung klebte wie eine zweite Haut an ihr. Durch den kalten Regen hatten sich ihre Brustwarzen zu kleinen harten Perlen zusammengezogen und reckten sich ihm entgegen. Schnell wandte Rion den Blick ab.

»Ich habe Jonadin versprochen, auf dich aufzupassen«, brummte er.

»Du hast ohne Erlaubnis meine Erinnerungen gelesen«, flüsterte sie anklagend.

»Du weißt noch, was ich gesehen habe?«

Sie nickte stumm.

»Dann hast du sie mir freiwillig offenbart«, erklärte er. »Hätte ich sie mit Gewalt genommen, wären sie für dich verloren gewesen.«

Lea sah betreten zu Boden, holte bebend Luft und ihre Zähne klapperten aufeinander.

»Du frierst«, stellte Rion fest. »Komm her, ich trockne deine Sachen.«

Er legte seine Arme um sie, doch diese Geste hatte nichts Herzliches. Lea ließ es wortlos geschehen und lehnte sich an ihn. Rions Körper war so warm, als hätte er Fieber. Das Wasser aus ihrem T-Shirt, ihrer Jeans und Rions Kleidung verdampfte und stieg in dünnen Schwaden an die Höhlendecke.

»Dreh dich um«, befahl Rion nach einer Weile.

Lea gehorchte, drehte Rion den Rücken zu und er schloss von hinten die Arme um sie.

»Ich hab nicht gewusst, dass du Feuer und Hitze so gut beherrschst«, murmelte sie und ihr Blick schweifte über die unebene Höhlenwand.

»Du weißt vieles nicht von mir«, brummte Rion hinter ihr.

Lea seufzte. Draußen prasselte der Regen immer noch auf Mutter Erde, doch Blitz und Donner waren weitergezogen. Ihre Sachen trockneten und Lea wurde wieder warm. Von Rion gehalten zu werden, tat unglaublich gut. Wie viele Nächte hatte sie in den letzten Jahren wachgelegen und sich nach ihm gesehnt. Sie mochte ihn nicht, er konnte sie nicht ausstehen und trotzdem fühlte sie sich zu ihm hingezogen. Rion wollte nur ihre Kleidung trocknen, doch sie genoss das Gefühl seiner Nähe. Was völlig armselig war …

Schluss damit, rief Lea sich zur Ordnung. Rion hätte sich niemals auf sie eingelassen, wenn dadurch nicht sein Bann gebrochen worden wäre. Und jetzt hatte er sich die ganze heiße Nacht mit ihr noch einmal in ihren Gedanken ansehen müssen. Das war ihm bestimmt unangenehm gewesen. Ein Glück nur, dass Elfen lediglich Erinnerungen lesen konnten. Nicht auszudenken, wenn er wüsste, was Lea sich sonst noch alles mit ihm ausgemalt hatte.

»Rion?«

»Hm«, brummte er.

»Ich möchte, dass du vergisst, was du in meinem Kopf gesehen hast!«, forderte Lea.

Rion reagierte nicht. Er stand immer noch dicht hinter ihr, hatte die Arme um sie geschlungen und seine Hände lagen auf ihrem Bauch.

Lea dachte schon, sie hätte ihr Anliegen gar nicht laut ausgesprochen, als er langsam den Kopf zu ihr herab beugte.

»Niemals«, raunte er ihr ins Ohr.

»Warum nicht?«, fragte Lea verwirrt.

Rion drückte sie sanft an sich und seine Nähe ließ Leas Knie weich werden. Sein heißer Atem strich über ihren Hals wie eine Liebkosung und Lea holte bebend Luft.

Mit den Lippen berührte Rion ihr Ohrläppchen und flüsterte: »Weil deine Gedanken meine Träume sind.«

Er küsste zärtlich ihren Hals und seine Hände wanderten langsam ihren Oberkörper herauf.

»Rion«, hauchte Lea ungläubig, doch im nächsten Moment stöhnte sie vor Verlangen.

»Ich kann ohne dich leben«, knurrte Rion und rieb seinen Unterleib in kreisenden Bewegungen an ihrer Kehrseite. »Aber, bei allem was mir heilig ist, nicht in diesem Augenblick.«

Lea fühlte sich wie in Trance. Sie drehte sich in seinen Armen zu ihm herum, nahm sein Gesicht in beide Hände und küsste ihn. Rion stöhnte auf. Wie Ertrinkende klammerten sie sich aneinander, küssten sich so hart, dass ihre Zähne gegeneinander schlugen, nur um im nächsten Moment sanft und zärtlich ihre Zungen zu vereinigen. Rions Hand glitt in ihre Hose, fand ihre feuchte Mitte und er rieb mit dem Finger lockend über das Zentrum ihrer Lust. Lea versuchte verzweifelt, die Schnüre seiner Hose zu öffnen, und stöhnte zwischen zwei Küssen frustriert auf. Rion lächelte, murmelte ein Wort, das Lea nicht verstand und küsste sie wieder leidenschaftlich. Im nächsten Moment fielen Leas Jeans und ihr Slip auf den Höhlenboden. Rions Hose rutschte an seinen Beinen hinunter.

Lea spürte seinen heißen Schaft an ihrem Bauch. Mit einer Hand glitt sie über sein festes Hinterteil und legte ihre Finger um seine Männlichkeit. Rion stöhnte an ihren Lippen.

»Ich will dich, jetzt sofort«, forderte er heiser.

Sein Verlangen spiegelte sich in Leas Augen. Seine Hände waren überall auf ihrem Körper und Lea bebte vor Begierde. Rion glitt mit einer Hand ihren Schenkel bis zu ihrer Kniekehle hinab. Er hob ihr Bein an und Lea schlang haltsuchend einen Arm um seinen Hals. Mit der anderen Hand führte sie seinen harten Schaft zum Zentrum ihrer Lust. Als sie ihn in sich spürte, schrie sie vor Lust und bog den Kopf zurück. Rion hielt sie, stieß rhythmisch seine Hüften vor und versenkte sich tief in ihr. Sie sahen sich in die Augen, küssten sich, fühlten sich und hielten aneinander fest, als hätten sie ihr Leben lang verzweifelt auf diesen Moment gewartet.

Die Erinnerung an ihre erste Begegnung verblasste. Das hier war intensiver, mächtiger, gewaltiger. Rions Iris leuchtete in einem dunklen Blau und die goldenen Sprenkel schienen Funken zu sprühen. Lea hatte jedes Gefühl für Zeit und Raum verloren. Für sie gab es nur noch den Augenblick. Rion war alles, was sie wollte, was sie fühlte und was sie brauchte. Rion keuchte, Lea schrie vor Lust und ein letztes Mal stieß er tief in sie hinein. Ihr gestilltes

Verlangen hallte ihnen von den Wänden der Höhle entgegen und ermattet ließ Lea den Kopf gegen Rions Brust sinken.

Rion ließ ihr Bein los und hielt sie in seinen Armen. Eine Ewigkeit standen sie eng umschlungen in der Höhle.

Nach einer Weile schob Rion sie sanft von sich, zog seine Hose hoch und ging zum Ausgang der Höhle.

»Es hat aufgehört zu regnen«, sagte er leise, ohne Lea anzusehen. »Zieh dich an, wir sollten zurück.«

Schweigend machten sie sich auf den Weg zur Hütte. Der Sturm hatte Bäume entwurzelt und dicke Äste aus den Kronen gebrochen. Der Regen hatte Bäche in den Boden gegraben. Die Sonne versank hinter den Bergen und ihr blutroter Schein tauchte alles in ein unheimliches Licht. Der Wald sah aus, als hätte er eine Schlacht verloren. Und Lea fühlte sich, als wäre sie ein Teil der geschlagenen Armee.

Für Rion und sie gab es keine Zukunft.

Nach ihrer ersten gemeinsamen Nacht war Lea noch vor Rion erwacht. Er hatte schlafend neben ihr gelegen und sie hatte ihn betrachtet. Ihr Herz ging auf und sie hatte ein Gefühl von Glück und Zufriedenheit, wie noch nie zuvor. An seiner Seite zu liegen, die Hand ausstrecken zu können, um ihn zu berühren, schien ihr Leben vollkommen zu machen. Doch im nächsten Moment fuhr ihr der Schreck durch alle Glieder.

Sie hatte sich verliebt. In Rion. Das konnte, durfte nicht sein, denn ganz sicher fühlte Rion nicht dasselbe für sie. Sein Bann war gebrochen, er hatte keine Verwendung mehr für sie. Das von ihm gesagt zu bekommen, hätte Lea nicht ertragen können und sie war gegangen. Leise hatte sie ihre Sachen gepackt und war aus Erigan geflohen.

Dass Rion etwas für sie empfinden könnte, war ihr nie in den Sinn gekommen. Doch jetzt war es zu spät. Rion würde Ratsmitglied werden und sein Leben in Erigan an der Seite einer wunderschönen Elfe verbringen. Lea kannte seine Frau nicht, aber Elfen waren alle wunderschön. Und Rion hatte das Glück, dass ihn eine gewählt hatte, obwohl er ein Beschützer war. Diesem Glück würde sie sich nicht in den Weg stellen und Rion würde es nicht mit Füßen treten. Er konnte ohne sie leben, hatte er gesagt. Und auch Lea konnte ohne ihn atmen, arbeiten, existieren.

Wie in Trance lief sie hinter Rion her und bald erreichten sie die Hütte. Sie hatte den Sturm unbeschadet überstanden und Lea folgte Rion hinein. Sie schloss die Tür leise hinter sich und blieb unschlüssig mitten im Raum stehen. Rion drehte sich

175

zu ihr herum und eine Ewigkeit sahen sie sich stumm in die Augen.

»Ein letztes Mal, Rion, bitte«, flüsterte Lea und Tränen schwammen in ihren Augen.

Rion kam auf sie zu und lächelte gequält. Er zog sein Hemd aus, warf es achtlos auf den Boden und beugte sich zu ihr herab.

»Ein letztes Mal«, flüsterte er heiser, strich mit der Hand sanft über ihre Wange und küsste sie mit einer solchen Zärtlichkeit, dass Leas Herz in tausend Stücke brach.

Kapitel 15

Am nächsten Morgen machten sich Theo und Jonadin auf den Weg zum Krankenhaus und hofften, dass Katharina mit ihnen fahren würde. Jonadin betete dafür die ganze Zeit zu Mutter Erde. Seine magischen Kräfte waren zurückgekehrt und Theo hatte ihn überzeugen können, dass er nicht für die gesamte Menschheit sichtbar war. Trotzdem wollte er den Helfer nicht begleiten. Jonadin hatte keine Ahnung, was die Menschenfrau mit ihm angestellt hatte und er war sicher, dass sie mit ihnen nach Erigan kommen würde. Er wollte die Zeit allein nutzen, um sich auf das Treffen mit Katharina vorzubereiten.

»Guten Morgen, Tante Katharina«, begrüßte Theo sie und lächelte. »Haben Sie sich entschieden?«

Katharina nickte. Gestern hatte sie Für und Wider abwägen wollen, so wie sie es früher getan hatte, doch sie hatte es gelassen. Lang überlegte Entscheidungen führten bei ihr meistens zu einer Katastrophe. Sie hatte Sporttherapeutin werden wollen und Bürokauffrau gelernt. Sie hatte die Welt bereisen wollen und Harald geheiratet. Bei ihrer Freundschaft zu Lea war es das erste Mal, dass sie auf ihr Gefühl vertraut hatte. Das Alter passte nicht, die Lebensumstände nicht und doch hatte sie in Lea eine echte Freundin gefunden.

»Ich komme mit. Außerdem wüsste ich im Moment auch gar nicht, wohin ich sonst sollte. Zurück in Leas und meine Wohnung kann ich wohl nicht.«

»Wie gut, dass Sie so nette Verwandtschaft wie mich haben«, lachte Theo und Katharina stimmte mit ein.

»Heute Morgen bei der Visite habe ich dem Arzt gesagt, dass ich gehen möchte. Er hätte zwar gern noch mehr Untersuchungen gemacht, doch er kann mich als gesund entlassen. Und tatsächlich habe ich ihm erzählt, dass ich vorübergehend bei meinem Neffen wohnen werde.«

Theo nickte. »Dann lassen Sie uns gehen.«

»Wo ist denn Ihr Freund?«, fragte Katharina auf dem Weg zum Wagen.

»Er wartet im Auto«, erklärte Theo.

Katharinas Blick wanderte über den Parkplatz, in der Hoffnung, Jonadin zu entdecken. Sie spürte seine Anwesenheit, noch bevor sie ihn sah. Er lehnte an einem der Wagen, hatte die Hände in den Ärmeln seiner dunkelgrauen Kutte vergraben und sah sie an. Katharina ging auf ihn zu und lächelte.

»Hallo«, begrüßte sie ihn und streckte ihre Hand aus.

Jonadin nickte und ergriff die ihm gereichte Hand.

Sie sahen sich in die Augen und die Zeit schien für den Moment still zu stehen.

Er hat wunderschöne Augen, dachte Katharina. Sie standen leicht schräg, waren hellblau und nur ein dünner Kranz um seine Iris herum war eine Nuance dunkler. Glatte graublonde Haare rahmten sein schmales Gesicht ein und fielen lang bis auf seine Hüften herab. Der Schwung seiner Augenbrauen, seine gerade Nase und die hohen Wangenknochen gaben ihm ein aristokratisches Aussehen. Seine Lippen waren schmal und seine Wangen ein wenig eingefallen. Er hätte kühl wirken können, doch die feinen Lachfalten an seinen Schläfen und an den Mundwinkeln milderten diesen Eindruck. Er strahlte Macht, Weisheit und Güte aus. Doch das kaum wahrnehmbare Glitzern in seinen Augen ließ vermuten, dass noch viel mehr in ihrem Schutzengel steckte. Er war einen halben Kopf größer als

Katharina und als er sie anlächelte, stockte ihr der Atem.

»Sie sind tatsächlich echt!«, flüsterte Katharina benommen.

»Ja, das bin ich.«

Jonadin lachte und Katharinas Wangen färbten sich rot.

»Entschuldigen Sie, dass ich Sie so angestarrt habe.« Katharina ließ hastig seine Hand los, die sie die ganze Zeit über festgehalten hatte. »Ich bin ehrlich erleichtert. Ich dachte schon, bei der Operation wäre in meinem Kopf etwas durcheinandergekommen.«

»Nein, du bist völlig gesund. Ich habe es überprüft.«

»Überprüft? Wie denn?«

»Du hast mir doch gerade deine Hand gereicht«, erklärte er verwundert.

Katharina sah ihn verwirrt an, doch Jonadin ignorierte ihre fragenden Blicke.

»Ich weiß, dass sich Fremde in deinem Volk gern mit der Mehrzahl anreden«, fuhr er fort. »Aber wir sind keine Fremden, oder?«

»Ähm ... nein«, murmelte Katharina und lächelte. »Ich denke nicht.«

»Wie wäre es, wenn ihr zwei euch nach hinten setzt? Dann könnt ihr euch unterhalten und ich kann endlich losfahren?«, drängte Theo. »Die Leute fangen schon an zu gucken, weil Katharina hier minutenlang in die Luft starrt. Außerdem warten Rion und Lea auf uns.«

Auf dem Weg vom Parkplatz hinunter kam ihnen ein Auto entgegen. Theo erkannte Kommissar Heimann am Steuer und riss erschrocken die Augen auf.

»Köpfe runter!«, rief er nach hinten.

Jonadin und Katharina gehorchten und stießen dabei unsanft aneinander. In diesem Moment sah der Kommissar zu ihnen herüber. Theo lächelte, winkte und fuhr auf die Hauptstraße.

»Au!«, stöhnte Katharina, rieb sich den Kopf und kam gemeinsam mit Jonadin wieder hoch. »Was war denn los?«

»Der Kommissar kam uns entgegen und ich wollte nicht, dass er uns anhält. Wir sind eh schon spät dran.«

»Komm, Katharina«, sagte Jonadin, ohne auf Theo einzugehen. »Ich nehme dir den Schmerz.«

Katharina sah ihn verdutzt an, doch Jonadin legte ohne ein weiteres Wort seine Hand an ihre Schläfe. Einen Augenblick später war der Schmerz von ihrem Zusammenstoß verschwunden und Katharina spürte nur noch seine warme Hand auf ihrer Haut. Jonadin sah ihr in die Augen und Katharina versank in dem hellen Blau seiner Iris. Sie fühlte sich unglaublich leicht und zufrieden.

Theo sah in den Rückspiegel und lächelte.

»Vorher fragen, Jonadin!«, murmelte er und der Elf zuckte zusammen.

»Verzeihung«, entschuldigte er sich bei Katharina, nahm die Hand von ihrem Gesicht und lief rot an.

Diese Frau faszinierte ihn dermaßen, dass er beinahe in ihre Gedanken eingedrungen wäre. Unverzeihlich, wie hatte ihm das nur passieren können?

»Kein Problem«, entgegnete Katharina lächelnd, auch wenn sie keine Ahnung hatte, wofür er sich entschuldigen wollte. »Und danke. Der Kopfschmerz ist weg … wie auch immer du das angestellt hast.«

»Sehr gerne«, gab Jonadin zurück.

Theo grinste und fuhr weiter.

Während der einstündigen Fahrt durch den Harz blickte Theo immer wieder in den Rückspiegel. Katharina und Jonadin saßen auf der Rückbank, beide sagten kein Wort, doch sie lächelten verträumt. Sie hatten nicht einmal reagiert, als er vorhin mit Rion telefoniert und einen Treffpunkt ausgemacht hatte.

»Wir sind gleich da«, erklärte Theo laut und Jonadin und Katharina zuckten leicht zusammen.

Katharina lehnte sich vor und sah durch die Frontscheibe.

»Da ist Lea!«, rief sie. »Und, du meine Güte, was ist das für ein Riese neben ihr?«

»Das ist Rion«, erklärte Jonadin. »Er hat auf Lea aufgepasst.«

Theo fuhr langsamer und bevor er stehen blieb, beugte sich Katharina zu Jonadin hinüber.

»Es war sehr schön, mit dir zu schweigen«, flüsterte sie und lächelte.

Lea und Katharina fielen sich in die Arme und Tränen der Erleichterung flossen auf beiden Seiten. Während sich die Freundinnen über ihr Wiedersehen freuten, erzählte Rion Jonadin und Theo leise von den Elfen, die sie angegriffen hatten.

»Ich werde über Lea und Katharina einen Schlafzauber legen«, flüsterte Jonadin. »Dann können wir während der Fahrt weiterreden. Die beiden haben viel durchgemacht und ein wenig Ruhe wird ihnen guttun.«

Kurz nachdem alle in den Wagen gestiegen waren, nickten Katharina und Lea auf der Rückbank ein. Rion beschrieb die Angreifer. Er glaubte, einer von ihnen könnte ein Freund seines Vaters sein, doch er konnte es nicht beschwören. Es war ihm ein Rätsel, wie sie ihn und Lea hatten finden können. Auch Jonadin hatte keine Erklärung dafür.

Den Rest der Fahrt sah Jonadin sorgenvoll aus dem Fenster, Rion starrte auf seine Hände und Theo konzentrierte sich darauf, den Wagen möglichst schnell nach Hause zu lenken.

*

Kommissar Heimann stieg in sein Auto und schnaubte ärgerlich. Die Stationsschwester hatte ihm gesagt, er hätte Frau Gierke nur um ein paar Minuten verpasst. Ihr Neffe habe sie abgeholt und sie würde vorübergehend bei ihm wohnen.

Herr Heimann glaubte, Theo Uhlig gesehen zu haben, als er auf den Parkplatz zum Krankenhaus gefahren war, doch Katharina Gierke hatte er in dem Wagen nicht gesehen. Die Adresse von Herrn Uhlig war bekannt. Er wohnte im Erzgebirge in einer Berghütte kurz vor der tschechischen Grenze.

Nachdenklich klopfte Herr Heimann mit den Fingern auf das Lenkrad. Irgendwann würde er dem Mann einen Besuch abstatten, doch nicht heute. Er startete den Motor und machte sich auf den Weg ins Präsidium. Die Ergebnisse der Brandermittler und der Spurensicherung waren gekommen. Es war kein Brandbeschleuniger gefunden worden und es lag kein elektrischer Defekt vor. Es gab nichts, was diesen Brand hätte auslösen können.

Dafür stimmten die Schäden an der Hütte mit denen in der Wohnung von Frau Gierke und Frau Huber überein. Denn auch dort hatte es einen Brand gegeben, der bei der Polizei gemeldet worden war. Eine Flamme, die heißer war als normales Feuer, war beide Male für die totale Zerstörung verantwortlich. Was sie ausgelöst hatte, blieb ein Rätsel. Ebenso wie der Verbleib von Frau Huber. Frau Gierkes Mitbewohnerin war spurlos verschwunden. Nur ihr Wagen parkte vor dem abgebrannten Haus in Schierke.

Herr Heimann würde den Bericht noch einmal gründlich lesen, mit den Sachverständigen sprechen und heute Nachmittag zu dem Haus von Annarosa Weichstein fahren.

Nein, korrigierte er sich in Gedanken, zu dem Haus von Frau Merten! Vielleicht hatten er und seine Kollegen etwas übersehen, was einen Hinweis auf die Brandursache liefern konnte. Kein Haus entzündete sich spontan, irgendeinen Auslöser musste es geben und Kommissar Heimann würde ihn finden.

Kapitel 16

»Hast du die Spielsachen eingepackt?«, rief Sam von oben hinunter, während sie Dion wickelte.

»Ja«, antwortete Darian.

»Und die Geschenke für deine Eltern?«

»Ja! Und die Koffer, und die Windeln und die Fläschchen. Siana sitzt auch schon angeschnallt im Auto. Wir warten nur noch auf euch zwei!«

»Wir kommen sofort!«

»Sam, es ist zwanzig vor sechs!«

»Ja, ja!«, brummte Sam, nahm Dion auf den Arm und drückte ihm einen dicken Kuss auf die Wange.

Sie setzte ihn auf ihre Hüfte, eilte mit ihm die Treppe hinunter und übergab ihn an seinen Vater. Darian ging mit Dion aus dem Haus und Sam sah sich suchend um.

»Wo ist denn schon wieder der Autoschlüssel?«, schimpfte sie ärgerlich.

»Da wo du ihn zuletzt hingelegt hast. Ich fahre den Wagen schließlich nicht!«, rief Darian von draußen und setzte Dion in seinen Kindersitz.

»Aber du hast den Wagen aufgeschlossen und die Sachen reingepackt!«

Sam stand in der Haustür und hatte die Hände in die Hüften gestemmt.

»Oh, richtig. Ähm … Siana, hast du den Schlüssel?«

»Och, Darian!«, maulte Sam.

»Reg dich nicht auf mein Herz«, beschwichtigte Darian, quetschte seinen breiten Oberkörper zwischen die beiden Kindersitze und tastete mit der Hand auf dem Boden des Wagens nach dem Schlüssel.

»Hab ihn!«, rief er kurz darauf und hielt ihn wie eine Trophäe in der Hand. »Und jetzt komm, wir müssen echt los!«

Sam zog die Haustür zu, lief zum Wagen und setzte sich hinter das Steuer.

»Bist du sicher, dass wir auch nichts vergessen haben?«

»Ganz sicher«, bekräftigte Darian. »Und jetzt fahr!«

Sam startete den Motor und fuhr los, während Darian besorgt auf die Uhr sah.

»Noch dreizehn Minuten«, seufzte er. »Wir werden zu spät kommen!«

»Nein, das schaffen wir«, widersprach Sam und bog auf die schmale Hauptstraße von Schierke.

»Glaub ich nicht«, brummte Darian, denn im selben Augenblick kam ein Trecker aus einer der Querstraßen und setzte sich direkt vor Sams Wagen.

»Verdammt!«, fluchte Sam. »Das ist Alvin!« Sie hupte und deutete mit den Händen an, er möge zur Seite fahren und sie vorbei lassen.

Alvin drehte sich auf dem Sitz seines Treckers herum. Er erkannte Sam und Darian, fühlte sich gegrüßt und winkte den beiden grinsend zurück.

»Papa, wie lange noch?«, meldete sich Siana von hinten und Darian fuhr sich mit den Händen durchs Gesicht.

»Nicht mehr lange, mein Schatz«, antwortete Sam und lächelte gezwungen in den Rückspiegel.

Endlich bog der Trecker ab und sie atmete erleichtert auf. Hinter dem Ortsschild von Schierke trat Sam aufs Gaspedal und missachtete sämtliche Geschwindigkeitsbegrenzungen. Von der Landstraße bog sie auf den Schotterweg ab, der zu Annarosas Haus führte und der Wagen wurde kräftig durchgeschüttelt. Darian klammerte sich während der Fahrt am Handgriff der Wagentür fest, doch seine

Kinder auf der Rückbank quietschten vor Vergnügen.

Nach zweieinhalb Kilometern bremste Sam ab und schaltete den Motor aus. Direkt vor ihren Augen, mitten auf dem Weg, bildete sich ein feiner Nebel.

»Siehst du!« Sam sah Darian lächelnd an. »Wir sind pünktlich!«

Darian atmete erleichtert auf und gab seiner Frau einen Kuss.

»Du hattest recht, wie immer«, grinste er.

Der Nebel am Boden wurde dichter, schien zu pulsieren und stieg empor. Wie ein Schleier wirbelte er sanft bis auf eine Höhe von fast drei Metern und begann dann in sich zusammenzufallen.

Das magische Tor, das den Zugang zur anderen Welt ermöglichte, hatte sich geöffnet. Eine Stunde lang würde sich dieses imposante Schauspiel wiederholen. Dann erst würde der Nebel bis zur nächsten Sonnenwende im Boden versinken.

Sam und Darian stiegen aus, gingen zu dem Nebeltor und hielten sich bei der Hand. Wie jedes Jahr war es ihre Aufgabe als Wächter darauf zu achten, dass niemand versehentlich hindurchging. Und wie jedes Jahr würde sich wohl niemand hierher verirren. Sam schmiegte sich an ihren Elfen und seufzte glücklich. Dieses Tor hatte ihr den Mann ihrer Träume geschenkt. Sie erinnerte sich daran, als sie Darian das erste Mal gesehen hatte. Er war …

»Mama!«, quengelte Siana in ihrem Kindersitz und versuchte, sich von ihrem Gurt zu befreien. »Wann fahren wir denn zu Oma und Opa?«

»Gleich mein Schatz. Wir spielen jetzt noch etwas hier im Wald und dann düsen wir nach Erigan!«

Darian gab Sam einen schnellen Kuss.

»Komm, befreien wir unsere Brut«, grinste er und gemeinsam gingen sie zum Wagen zurück.

Er schnallte Siana los und Sam kümmerte sich um Dion.

»Ah! Familie Merten!«, hörte sie plötzlich jemanden rufen.

Erschrocken tauchten beide mit den Köpfen aus dem Auto heraus, richteten sich auf und starrten fassungslos auf Kommissar Heimann. Der schien von Annarosas Haus zu kommen und ging nun direkt auf sie zu.

»Nein! Nicht!«, rief Sam entsetzt.

Der Nebel pulsierte auf dem Boden und der Kommissar war keine fünf Meter von dem Tor entfernt.

»Bleiben Sie stehen!«, brüllte Darian.

»Wieso? Was ist denn?«, fragte Herr Heimann irritiert, ging jedoch weiter.

Im selben Moment rutschte Siana aus ihrem Sitz und krabbelte aus dem Wagen. Darian wollte zu Herrn Heimann stürzen, um ihn aufzuhalten, doch seine Tochter war ihm im Weg. Er musste einen Bogen um sie machen, der Nebel stieg hoch, Kommissar Heimann ging geradewegs hindurch und Darian und Sam erstarrten.

»Ein faszinierendes Naturschauspiel«, bemerkte Herr Heimann beeindruckt. »So etwas habe ich noch nie gesehen!« Er lächelte Darian und Sam an, doch die beiden tauschten nur hilflose Blicke aus. »Ist alles in Ordnung mit Ihnen?«, fragte der Kommissar besorgt.

»Papa, guck mal! Ein Pimpel!«, rief Siana in diesem Moment aufgeregt und deutete auf den Wegesrand.

Der Kommissar folgte ihrem Blick und sah ein Tier, das einem kaninchengroßen Maulwurf ähnelte. Es hatte schwarzes Fell, Pfoten wie Schaufeln, kleine Augen und eine große knubbelige Nase. Sein Schwanz hatte Ähnlichkeit mit dem eines Bibers und jetzt klopfte es damit nervös auf den Waldboden.

»Das ist ja ein seltsames Tier«, wunderte sich Herr Heimann. »Haben Sie so eins schon mal gesehen?«

Darian war in der Zwischenzeit zu ihm herüber-
gekommen und stand nun dicht vor ihm.

»Das ist der gemeine Erdpimpel«, erklärte er, holte
aus und schlug Kommissar Heimann zu Boden.

＊

Als Herr Heimann wieder zu sich kam, saß er
gefesselt auf der Rückbank eines Wagens. Die Sonne
war bereits untergegangen und das Auto raste über
die Autobahn. Vorn am Steuer saß Frau Merten,
daneben ihr Gatte. Rechts und links von ihm
schliefen die Kinder der beiden seelenruhig in ihren
Sitzen.

»Was soll das«, schimpfte er und versuchte sich
von den Fesseln zu befreien.

Frau Merten seufzte nur, Herr Merten drehte sich
zu ihm herum und starrte ihn finster an.

»Wieso haben Sie nicht auf uns gehört und sind
stehen geblieben?«, knurrte er wütend. »Und ich
warne Sie. Wenn Sie jetzt auch noch meine Kinder
wach machen, kann ich für nichts mehr garantieren!«

Der Kommissar schluckte und verstummte. Die
Augen von Herrn Merten schienen von innen zu
leuchten und es war, als zuckten helle Blitze in ihnen.
Der Mann war groß, stark und einschüchternd. Und
sein Blick war wirklich furchteinflößend.

»Mach schon«, murmelte Sam.

Darian schnaubte, richtete Zeige- und Mittelfinger auf Kommissar Heimann und sagte: »Nomenitus.«

Der Kommissar verdrehte die Augen, sein Kopf fiel nach hinten gegen die Stütze und er sank in einen tiefen Schlaf.

Kapitel 17

»Wir sind da!«, rief Theo und Katharina und Lea öffneten blinzelnd die Augen.

»Wo sind wir?«, fragte Katharina.

Theo hatte auf einer Lichtung vor einem Bauernhaus geparkt. Katharina bewunderte das alte Fachwerkhaus, mit seinen dunklen Balken und dem weißen Putz. Direkt hinter dem Haus lag ein üppiger Mischwald aus Fichten und Buchen.

»Mein Heim«, grinste Theo.

»Gott, ist das schön hier«, seufzte Katharina und reckte sich nach der langen Fahrt.

Die Sonne schien, die Vögel zwitscherten und zwischendrin hörte man ein paar Grillen zirpen.

»Kommt rein, ihr seid bestimmt durstig!«, bat Theo, ging voran und schloss die Tür auf.

»Hast du auch was zu essen?«, fragte Lea.

Theo nickte und grinste. »Wenn die Damen mir in die Küche folgen wollen?«

Nachdem sie sich gestärkt hatten, gingen Katharina und Lea hinaus und ließen die Männer allein.

Katharina atmete tief durch.

»Ich bin froh, dass dir nichts passiert ist«, sagte sie und sah zu Lea hinüber.

»Und mir tut es unendlich leid, dass ich dich hier mit reingezogen habe.« Lea senkte betreten den Blick. »Du hättest sterben können.«

»Das bin ich aber nicht«, widersprach Katharina und lächelte. »Wir beide sind wohlauf und das ist das Wichtigste. Jetzt wo wir hier sind, kannst du mir vielleicht erklären, was passiert ist. Was du mir am Telefon erzählt hast, war nicht wirklich hilfreich. Ich habe das Gefühl, dass ich in einem Film mitspiele, aber das Drehbuch nicht kenne.«

Lea lachte zerknirscht.

»Zuerst muss sich Jonadin mit dir unterhalten, er …«

»Mädels, die Pause ist vorbei!« Theo kam mit ernster Miene vor die Tür und unterbrach die beiden Frauen. »Darian hat angerufen. Am Tor hat es einen Zwischenfall gegeben. Er und Sam sind mit den Kindern auf dem Weg hierher, aber sie bringen noch jemanden mit.«

Lea sah Theo verständnislos an. »Wen denn?«

Theo verzog das Gesicht. »Das ist jetzt nicht wichtig. Sie kommen bald an und dann solltet ihr verschwunden sein. Jonadin und Rion begleiten euch, ich warte hier auf Darian.«

»Wenn es sein muss«, maulte Lea.

Sie hatte überhaupt keine Lust, jetzt noch kilometerweit durch den Wald zu laufen.

»Ein bisschen Bewegung wird uns guttun«, munterte Katharina sie auf und grinste.

»Ein bisschen?«, ereiferte sich Lea. »Das sind mindestens zwei Stunden Fußmarsch!«

»Es wird dich nicht umbringen«, brummte Rion, der in diesem Moment mit Jonadin aus dem Haus kam.

»Nein. Das nicht«, flüsterte Lea leise, blickte zur Seite und schluckte.

»Nun dann, brechen wir auf nach Erigan!«, rief Jonadin gut gelaunt.

Katharina nickte lächelnd, doch dann sah sie sich noch einmal besorgt nach Lea um. Irgendetwas war hier nicht in Ordnung und dabei dachte sie nicht an diese verrückten Geschichten über andere Völker, unerklärliche Heilungen und merkwürdige Tiere.

Vorhin war Lea noch wie immer gewesen, doch kaum hatte dieser Riese sie angesprochen, schien sie bedrückt zu sein. Katharina musterte Rion verstohlen. Er war an die zwei Meter groß. Als wäre das nicht schon respekteinflößend genug, bestand der Mann nur aus Muskeln und Kraft.

Katharina musste zugeben, dass Rion gut aussah, aber für sie war er von allem zuviel. Zu groß, zu stark, zu männlich, zu dominant. Und sie war sicher, dass er für Leas Traurigkeit verantwortlich war.

Katharina warf ihm einen wirklich bösen Blick zu, doch Rion quittierte diesen nur mit einer fragend hochgezogenen Augenbraue.

Schweigend liefen sie wie eine Karawane durch den Wald. Lea musste sich zusammenreißen. Fast wäre sie vorhin in Tränen ausgebrochen. Die Ruhe und das Wandern durch die Natur lenkten sie ab. Uralte Bäume säumten ihren Weg und dichtes Gebüsch in üppigem Grün wucherte darunter. Alles war ursprünglich und natürlich, genauso wie vor hunderten von Jahren.

Wuchsen in weiten Teilen des Erzgebirges durch Abholzen und Aufforsten fast nur noch Fichten, wetteiferten hier auch Buchen und Tannen um das Licht der Sonne und den Platz auf Mutter Erde.

Lea atmete tief ein und sog den Anblick dieses endlosen Grüns in sich auf. Plötzlich blieb sie stehen. Ein paar hundert Meter von ihnen entfernt brach ein Hirsch durch das Unterholz und auf ihm ritt ein Elf. Sie blinzelte und starrte angespannt in die Richtung. Es war derselbe Hirsch, den sie gestern und vorgestern gesehen hatte. Den Elfen konnte sie jedoch nicht richtig erkennen. Er war auf keinen Fall ein Beschützer, sondern von schlanker Gestalt. Und er hatte lange hellblonde Haare, die sich bei jedem Schritt des Hirschs sanft hin und her wiegten.

»Was ist los?«, fragte Katharina besorgt.

Lea blickte kurz zu ihr hinüber und deutete in den Wald. »Da vorn ist …«

Sie stutzte. Der Hirsch und der Elf waren verschwunden.

»Ach, nichts«, murmelte sie und lächelte gezwungen. »Komm, wir müssen die beiden einholen, sonst verirren wir uns hier noch wie Hänsel und Gretel.«

Katharina kicherte und sie beeilten sich, aufzuschließen.

*

»Gleich haben wir Erigan erreicht«, rief Jonadin und blieb stehen. »Katharina, bitte gib mir deine Hand. Bei denjenigen aus meinem Volk, die noch unter dem Bann stehen, löst deine Anwesenheit ein Gefühl von Angst und Beklemmung aus. Wenn ich dich halte, vermindert es sich. Rion? Nimmst du bitte Leas?«

Jonadin wartete seine Antwort nicht ab, sondern griff nach Katharina und zog sie mit sich. Katharina blickte sich besorgt nach Lea um, doch was sie sah, konnte sie nicht deuten. Rion und Lea sahen sich in die Augen und auf Rions Gesicht zeichnete sich derselbe Schmerz ab, wie auf Leas. Fast schüchtern und vorsichtig reichten sich die beiden die Hände.

»Erigan wird dir gefallen!«, schwärmte Jonadin und Katharina wandte den Blick von Lea und Rion ab. »Für Lea und dich habe ich eines der Gästehäuser reservieren lassen. Heute feiern wir Alban Hevin, da wird das ganze Dorf auf den Beinen sein.«

»Alban … was?«, stammelte Katharina.

»Alban Hevin, die Sommersonnenwende! Heute feiern wir den längsten Tag. Und warte erst mal ab, was hier übermorgen los sein wird, wenn wir die Ernennung des neuen Ratsmitglieds feiern. Das wird ein Fest!«

Aus der Ferne drang Musik zu ihnen herüber und Katharina spitzte die Ohren. Sie hörte Trommeln, Flöten, Zupfinstrumente und Gesang. Es klang mittelalterlich, fröhlich und verspielt. Je näher sie kamen, desto lauter wurden die Klänge und als sie durch die Bäume auf eine Lichtung traten, stockte Katharina der Atem.

»Hier vorn am Rand des Dorfes steht mein Haus. So habe ich etwas mehr Ruhe für meine Arbeit«, erklärte Jonadin, doch Katharina starrte gebannt auf das Treiben.

Um einen großen freien Platz herum standen Häuser aus Stein, Lehm und Holz. Alle Stützbalken waren mit geschnitzten Ornamenten verziert und an den Wänden rankten Blauregen, Clematis und weiße Kletterrosen empor. Zwischen den Häusern loderten Feuer und der Duft von gegartem Gemüse, frisch gebackenem Brot und gebratenem Fleisch lag in der Luft. Am anderen Ende des Dorfes ragte ein schroffer Fels in die Höhe, der von einem Teppich aus Efeu und wildem Wein überzogen war. Staunend erkannte Katharina in den Berg geschlagene Höhlen, die durch Brücken und Leitern miteinander verbunden waren. Von den Bäumen rund um die Lichtung hingen Strickleitern herab und erst auf den zweiten Blick sah man die Hütten hoch oben in den Kronen. Auf dem Dorfplatz saßen, standen, tanzten und musizierten an die hundert Menschen. Alte, Junge, Kinder und Greise und alle waren ausnahmslos anmutig und schön. Sie bewegten sich zu den Klängen der Musik so elegant und harmonisch, dass Katharina nicht wegsehen konnte.

»Komm, Lea, ich bringe euch zu eurer Unterkunft. Rion, sorgst du dafür, dass den beiden Essen und Trinken gebracht wird?«

Lea ließ Rion los und griff nach Jonadins Hand. Katharina warf noch einen Blick auf Rion, der stehen geblieben war und wie gebannt auf die Lichtung starrte. Weder Lea, noch Jonadin schienen zu merken, dass sich dieser Mann äußerst merkwürdig verhielt. Jonadin zog sie mit sich und Katharina sah noch einmal über die Schulter zu Rion. Sie versuchte zu erkennen, was seinen Blick so fesselte, doch sie sah nur tanzende und fröhliche Leute auf dem Platz.

Rion ballte die Hände zu Fäusten und biss die Zähne zusammen. Alban Hevin wurde immer ausgelassen gefeiert. Man trank, tanzte und flirtete und nur wenige Elfen verbrachten die kürzeste Nacht des Jahres allein in ihrem Bett. Ein Pärchen schien sich besonders zu umgarnen. Die Elfe wiegte ihren Körper zur Musik, schwenkte verführerisch die Arme und ließ ihre Hüften kreisen. Ihr Auserwählter stampfte im Takt der Trommeln, umkreiste sie und hielt sie, während sie ihren Oberkörper weit nach hinten lehnte. Die beiden sahen sich in die Augen, deuteten Umarmungen an, wandten sich voneinander ab und kamen wieder zusammen. Rion schloss die Augen und atmete tief durch.

Dalari würde heute Nacht nicht nach Hause kommen.

*

Kurz vor zehn Uhr abends parkte Sam den Wagen vor Theos Haus und atmete erleichtert auf. Autofahren und Benjamin-Blümchen-Hörspiele waren für ihre Kinder wie ein Narkotikum. Für sie und Darian eine echte Geduldsprobe. Fast hätte sie Kommissar Heimann beneidet. Der hatte unter Darians Fluch die ganze Zeit seelenruhig geschlafen und kein Törööö zerrte an seinen Nerven.

Theo begrüßte die beiden herzlich und sah besorgt zu dem schlafenden Kommissar auf der Rückbank des Wagens.

»Das ist wirklich ein ziemlicher Schlamassel«, murmelte Theo.

»Das kannst du laut sagen«, brummte Darian.

»Nein, nicht laut!«, widersprach Sam eilig und grinste. »Sonst wachen Siana und Dion auf!«

Theo lachte leise.

»Kommt, ich hab schon ein Zimmer für euch vorbereitet. Ich helfe euch, die Sachen ins Haus zu bringen. Was machen wir mit dem Kommissar?«

»Ich lass ihn unter dem Nomenitus-Fluch«, antwortete Darian. »Er bleibt im Wagen.«

»Ist das nicht schädlich, wenn der Fluch so lange auf ihm liegt?«

Darian schüttelte den Kopf. »Glaub ich nicht.«

Theo zuckte mit den Schultern und schnappte sich einen der Koffer, während Darian und Sam ihre schlafenden Kinder vorsichtig aus dem Auto holten.

Kapitel 18

Am nächsten Morgen brachen Barin und seine Partnerin Isadora aus Erigan auf, um ihren Sohn Darian und seine Familie von Theo abzuholen. Sie freuten sich darauf, ihre Enkelkinder wiederzusehen. Darians Mutter war nie durch ein Tor gegangen. Erst nachdem Sam drei Jahre mit ihrem Elfen zusammengelebt hatte, war sie für ihre Schwiegermutter sichtbar geworden.

Auf Siana und Dion dagegen lag kein Bann. Spätestens mit der Entwicklung der Sprache hätte er sich bei Siana bilden müssen, doch er tat es nicht. Jonadin vermutete, es lag daran, dass ihre Eltern aus beiden Welten stammten.

Isadora war sehr glücklich darüber. Sonst hätte sie doch noch durch ein Tor gehen müssen, um ihre Enkelkinder zu sehen.

Den schlafenden Herrn Heimann in dem Wagen vor Theos Haus, sah sie jedoch nicht. Barin warf nur einen kurzen Blick auf den Kommissar. Vor einigen Jahren war er ihm heimlich gefolgt, um zu erfahren, was die Polizei der Menschen über den Anschlag auf Annarosa Weichstein wusste. Der Kommissar hatte sich verändert. Seine Kleidung war genauso elegant wie damals. Trotz des heißen Sommers trug er einen Anzug, ein weißes Hemd und eine dezente Krawatte. Doch seine Haare waren grau geworden, Sorgenfalten gruben sich tief in seine Stirn und seine Mundwinkel zogen sich herab. Barin schüttelte den Kopf. Ein Beschützer in der Menschenwelt zu sein, schien keine leichte Aufgabe zu sein.

»Opa!«, rief Siana in diesem Moment, stürzte aus dem Haus und warf sich in Barins Arme.

»Meine kleine Elfe!«, freute sich Barin, hob seine Enkeltochter hoch und drehte sich lachend mit ihr.

Nachdem sich alle begrüßt hatten, schnappten sich Darian, Barin und Theo die Koffer, Siana lief an Isadoras Hand und Sam setzte Dion in ein Tragetuch. Darian befahl dem Kommissar, aus dem Wagen zu steigen und mit ihnen zu gehen. Unter dem Fluch tat er willenlos das, was man ihm befahl, ohne etwas wahrzunehmen oder sich später daran erinnern zu können. Und so lief Herr Heimann mit starrem Blick neben ihnen her.

»Ich habe keine Ahnung, ob der Kommissar würdig ist, mit dem Wissen über unsere Welt zu leben«, brummte Barin auf Theos Frage. »Er hat einen scharfen Verstand und es wird schwierig, ihm unsere Welt zu erklären. Hätte er sich in eine Elfe verguckt, wäre die Sache vermutlich einfacher.«

Darian grinste. Auch Sam war es damals schwer gefallen, ihm zu glauben, doch er hatte bei ihr nicht nur mit Worten argumentieren können.

»Wir lassen ihn so lange unter dem Fluch, bis wir ihn in Erigan sicher untergebracht haben. Jonadin und Cordelius sollen ihn prüfen.«

Barin nickte, blieb stehen und wartete auf seine Frau. Isadora lief nur ein paar Meter hinter dem Kommissar her. Die Nähe des Menschen musste für sie unangenehm sein.

»Geht es dir gut, mein Herz?«, fragte er besorgt.

»Ich habe ein mulmiges Gefühl«, erwiderte Isadora. »Aber es ist auszuhalten. Wie weit ist der Mensch von mir entfernt?«

»Keine zehn Meter«, antwortete Barin.

»Oh, das ist wenig. Vielleicht ein gutes Zeichen, dass er würdig ist?«

»Ich habe meine Zweifel«, brummte Barin nachdenklich.

*

Als Rion aufwachte, zog der Geruch von gebratenen Eiern und frischem Speck durch sein Haus. Er setzte sich auf und rieb sich müde mit den Händen durch das Gesicht. Dalari war nach Hause gekommen, aber wieso freute ihn das nicht?

»Guten Morgen, mein Herz«, begrüßte sie ihn, als er zu ihr in die Küche kam.

Sie drückte ihm einen Kuss auf die Wange und schaufelte ihm eine riesige Menge Rührei auf einen Teller.

»Ich wusste nicht, dass du gestern zurückgekommen bist. Deshalb hab ich nach dem Fest bei einer Freundin übernachtet. Sonst wäre ich natürlich zu Hause gewesen«, entschuldigte sie sich bei ihm.

»Ist schon in Ordnung«, murmelte Rion und setzte sich an den Tisch.

Nachdem er mit Lea einen Nachmittag und eine ganze Nacht verbracht hatte, war es wohl kaum an ihm, Dalari zurechtzuweisen. »Hauptsache du hattest deinen Spaß.«

»Ach, es geht. Du weißt doch, wie es an Alban Hevin zugeht. Alle trinken zu viel, sind aufdringlich und vergessen ihre gute Erziehung. Das ist nichts für mich.«

Rion warf ihr einen verwunderten Blick zu, doch Dalari wurde nicht einmal rot. Sie hatte zuviel getrunken, hatte sich so verführerisch bewegt, wie Rion es bei ihr noch nie gesehen hatte und selbst jetzt noch roch er den fremden Elfen an ihr.

Dalari knetete nervös ihre Hände.

»Du warst lange fort, Rion«, begann sie und schlug die Augen nieder. »Ich kann verstehen, wenn du jetzt ein wenig Zeit mit mir im Bett verbringen möchtest. Du weißt ja, dass ich es am Tag nicht gerne habe, aber wenn du willst …«

»Nein, ist nicht nötig«, antwortete Rion und es kostete ihn all seine Beherrschung, um nicht angewidert das Gesicht zu verziehen.

»Oh … ähm … gut!« Dalari blickte erleichtert auf. »Ich dachte, ich geh heut noch einmal zu Valerina. Sie hat mein Kleid für die Feier fast fertig. Ich muss doch schön sein, wenn der Rat dich wählen sollte.«

»Ja, mach das.«

»Und, Rion?«

»Hm?«

»Ich, ähm, ich wollte dir noch eine wichtige Frage stellen.« Dalari klimperte ein wenig mit den Wimpern und lächelte.

Heilige Mutter Erde, nicht das, dachte Rion entsetzt.

»Ein anderes Mal.« Rion schob den Teller zurück und stand eilig auf. »Ich muss noch etwas Dringendes erledigen.«

Er floh aus seinem eigenen Haus, lief durch Erigan und verschwand im Wald.

Unter einem großen Baum setzte er sich auf Mutter Erde, legte die Hände flach auf den Boden und schloss die Augen.

Dalari hatte ihn fragen wollen, ob er ihr Partner werden wollte. Es war nicht überraschend. Nur zu diesem Zweck war sie überhaupt mit ihm zusammen. Eine feste Partnerschaft, vergleichbar mit der Ehe bei den Menschen, mit einem zukünftigen Ratsmitglied, machte ihn für sie attraktiv. Wenn er daran dachte, wie er sie gestern Abend gesehen hatte, war es vermutlich das Einzige, was er in ihren Augen zu bieten hatte. Trotzdem hätte er sich noch vor ein paar Tagen darüber gefreut und zugestimmt. Doch dann war Lea wieder in sein Leben getreten.

Morgen würde der Rat ein neues Mitglied ernennen und Rion war ihr Favorit. Das wusste jeder. Man musste einen tadellosen Ruf haben, über große magische Kräfte verfügen und seine eigenen Belange hinter die des Elfenvolkes stellen. In Zeiten wie diesen war es die vorrangige Aufgabe des Rates, das Zusammenleben von Elfen und Menschen im Auge zu behalten. Die Elfen mussten im Verborgenen bleiben. Alles andere wäre ihr Untergang. Die Menschen zerstörten ihre Heimat, scherten sich nicht um den Erhalt der Natur, rodeten und gruben sich tief in Mutter Erde hinein. Cordelius war mit der Menschenfrau Annarosa vereint, Jonadin war begeistert von der Technik dieses Volkes. Barin und er waren die Einzigen, die den Menschen mit Misstrauen gegenüberstanden. Doch Barins Schwiegertochter war ein Mensch. Und Rion sehnte sich nach Lea.

Das Volk vertraute dem Rat. Doch wäre er mit Rion in ihrer Mitte noch objektiv, wenn es um die Belange der Elfen ging? Nur wenige, die von den Menschen wussten, hassten sie. Doch es gab sie und sein Vater war einer der Vehementesten. Von einem Rat, bestehend aus Menschenfreunden, würde sich Kiovan öffentlich abwenden. Er würde das Elfenvolk spalten. Und wer wusste besser als Rion, wozu Kiovan fähig war.

Rion seufzte. Wenn doch seine Mutter noch leben würde. In Momenten wie diesen vermisste er sie schmerzlich. Ihren Rat, ihren Zuspruch und ihre besonnene Art. Rion stand auf, schob die Hände tief in die Hosentaschen und ging mit gesenktem Kopf zurück nach Erigan. Er musste mit Jonadin sprechen.

Keine hundert Meter von Rion entfernt, versteckt im Wald, stand ein Hirsch. Ein Elf saß auf seinem Rücken und beobachtete Rion. Er weinte lautlos und

Tränen liefen über seine Wangen. Erst als Rion verschwunden war, wischte er sie fort und ritt auf dem Hirsch davon.

*

»Guten Morgen, Katharina«, begrüßte Jonadin sie und bat sie herein. »Darf ich dir einen Tee anbieten?«

»Ja, gern«, antwortete Katharina.

»Setz dich bitte, ich komme sofort.«

Etwas schüchtern nahm Katharina Platz und sah sich um. Jonadins Hütte sah aus, wie die eines Gelehrten aus einem vergangenen Jahrhundert. Auch Jonadin selbst wirkte für sie, wie aus einer anderen Zeit.

»Was macht Lea?«, rief Jonadin aus der Küche.

»Oh, sie sitzt am Rechner, den sie gestern Abend noch von dir geholt hat.«

Jonadin kam mit zwei dampfenden Bechern zurück, stellte einen vor Katharina und setzte sich ihr gegenüber an den Tisch.

»Ehrlich gesagt, bin ich fast froh, dass das Ding nicht mehr hier ist«, gestand er und lächelte. »Ich finde eure Technik faszinierend, aber ich sehe lieber zu, statt sie selbst zu bedienen. Mit diesen kleinen Telefonen komme ich zurecht, aber alles andere ist mir zu kompliziert.«

»So schlimm ist das gar nicht.«

»Ja, das sagt Lea auch immer, aber ich tue mich wirklich schwer damit.«

Katharina griff nach ihrer Teetasse, doch Jonadin hob die Hand.

»Warte noch einen Moment.« Er umkreiste mit dem Zeigefinger ein paarmal den Tassenrand. »Jetzt kannst du ihn trinken, ohne dir den Mund zu verbrennen.«

Katharina nahm vorsichtig einen Schluck.

»Er hat genau die richtige Temperatur!«, rief sie erstaunt. »Wie machst du das?«

»Oh, ich habe nur geraten, wie du ihn gern magst. Lea trinkt ihn gern noch etwas kühler.«

Katharina lachte. »Das meine ich nicht. Ich meine, was du mit deinem Finger gemacht hast! Normalerweise pustet man in die Tasse, damit er abkühlt.«

»Menschen tun das«, erklärte Jonadin. »Ich nutze meine Magie.«

»Das ist wirklich verrückt«, schmunzelte Katharina und trank noch einen Schluck.

»Ich weiß, dass dir das alles merkwürdig vorkommt. Wir Elfen leben schon ewig an eurer Seite. Erst vor vierhundert Jahren waren wir gezwungen, uns mit dem Bann vor euch zu schützen. Deshalb bist du heute hier. Der Bann ist für dich gebrochen und wir müssen sicher gehen, dass du unser Geheimnis bewahren wirst.«

Katharina nickte. »Lea hat mir gestern noch ein wenig über dieses Gedankenlesen erklärt, das du machen musst. Es ist okay, ich verstehe das.«

Jonadin nickte erleichtert. »Vorher möchte ich dich aber noch etwas anderes fragen. Hast du mich wirklich gesehen, bevor ich dich geheilt habe?«

»Ja«, gab Katharina zu. »Ich war zu schwach, um zu antworten, aber ich habe dich gesehen und verstanden, was du gesagt hast.«

»Das ist unglaublich«, murmelte Jonadin. »Der Bann bricht, wenn man jemanden heilt, der schwer verletzt ist und ohne Hilfe sterben würde. Aber ich hatte dich noch nicht einmal berührt. Es ist sehr besorgniserregend, dass ich nicht weiß, warum du mich sehen konntest.«

»Wo kommt dieser Bann denn her? Ich meine, ist er in unseren Genen verankert? Werden wir damit geboren?«, fragte Katharina neugierig.

»Nein«, erklärte Jonadin. »Er ist an die Entwicklung der Sprache gebunden. Je mehr Wörter man verstehen kann, desto stärker wird der Bann. Säuglinge und kleine Kinder können uns noch sehen. Das gleiche gilt auch für Alte oder Kranke, deren Gedächtnis so geschädigt ist, dass sie nichts mehr verstehen oder reden können. Der Bann bricht erst, wenn jemand stirbt.«

Katharina legte beide Hände um die warme Teetasse und senkte den Blick.

»Ich war tot«, flüsterte sie.

»Katharina«, rief Jonadin erschrocken. Er beugte sich vor und legte mitfühlend seine Hände um ihre. »Wie meinst du das?«

»Die Ärzte sagten, während der Operation hätten meine Organe plötzlich versagt. Ich bin gestorben.« Katharina schluckte. »Ich erinnere mich an ein weißes Licht, das mich magisch angezogen hat. Ich bin darauf zugegangen und um mich herum sah ich verschiedene Momente aus meinem Leben. Das Licht versprach Frieden und Ruhe, doch ich war so traurig, weil ich erst in den letzten Jahren angefangen habe, wirklich zu leben.« Sie hob den Kopf und sah in Jonadins hellblaue Augen. »Ich wusste, wenn ich nur einen Schritt weitergehe, wäre es vorbei. Aber ich wollte nicht.« Katharina holte tief Luft. »Die Ärzte haben über zwei Minuten gebraucht, um mich zu reanimieren. Sie hatten Sorge, dass es zu lange gewesen wäre.«

»Ich habe nicht gewusst, dass Menschen den Tod bezwingen können«, sagte Jonadin betroffen. »Aber ich bin glücklich, dass sie es bei dir geschafft haben.«

Es hätte ihn beunruhigen sollen, doch im Moment war er einfach nur dankbar, dass Katharina vor ihm saß. Hätte er sie nicht kennenlernen dürfen, würde etwas in seinem Leben fehlen. Als wäre ein Teil von ihm … Jonadin stutzte und nahm schnell seine Hände von Katharinas. Was war nur los mit ihm?

Er räusperte sich und strich verlegen seine langen Haare hinter seine spitzen Ohren.

»Nun, dann haben wir das geklärt«, bemerkte er sachlich. »Dein Tod, auch wenn er glücklicherweise nicht von Dauer war, hat den Bann gebrochen. Wenn ich darf, möchte ich dich jetzt prüfen.«

»Natürlich«, erlaubte Katharina. »Was muss ich tun?«

»Wir setzen uns voreinander und halten uns gegenseitig mit den Händen an den Schläfen.« Jonadin stand auf und stellte zwei der Stühle in gebührendem Abstand voneinander auf.

Katharina erhob sich ebenfalls und setzte sich ihm gegenüber.

»Ist ein bisschen weit auseinander, findest du nicht?«, fragte sie, denn ihre Knie stießen gegeneinander und sie müssten sich weit nach vorn beugen, um den anderen zu erreichen. »Ich rutsche mal ein bisschen näher an dich ran.«

Sie ruckelte mit dem Stuhl und schob eines ihrer Beine zwischen die von Jonadin.

»Und jetzt so?« Katharina legte beide Hände an Jonadins Schläfen und sah ihm fest in die Augen.

Jonadin nickte stumm und hob ebenfalls seine Hände an Katharinas Kopf. Kaum berührte er sie, verschwamm sein Gesicht vor Katharinas Augen in einem weißen Nebel. Nur Jonadins hellblaue Augen stachen klar daraus hervor.

Katharina verlor das Gefühl für Zeit und Raum. Sie spürte nicht einmal, wie Jonadin nach einer Weile seine Hände vorsichtig von ihren Schläfen nahm. Das Bild vor ihren Augen klarte auf und sie konnte ihn wieder deutlich vor sich sehen. Er lächelte, nahm sanft ihre Hände von seinem Kopf, führte sie hinunter und hielt sie fest. Hand in Hand saßen sie so voreinander und sahen sich einfach nur in die Augen.

»Du warst verheiratet?«, fragte Jonadin leise, ohne den Blickkontakt abzubrechen.

»Ja«, bestätigte Katharina. »Es war ein Fehler. Ich war verliebt, aber wirklich geliebt habe ich ihn nicht.«

Jonadin runzelte verwirrt die Stirn.

»Ich habe schon in der Jugend von ihm geschwärmt«, erklärte Katharina. »Ich konnte mein Glück kaum fassen, als wir zusammengekommen sind. Richtig kennengelernt habe ich ihn erst in den Jahren danach. Doch da waren wir schon verheiratet.«

Jonadin nickte verständnisvoll.

»Was ist mit dir?«, wollte Katharina wissen.

»Ich, ähm, ich hatte Zerstreuung.«

»Zerstreuung?«, wiederholte sie verwundert.

»Nun ja, als ich jung war, habe ich mich ein paar Mal mit einer Elfe zusammengetan. Es war oberflächlich, wenn auch befriedigend, wie ich gestehen muss. Aber es hat mich zu viel wertvolle Zeit gekostet. All dieses Umgarnen, die Aufmerksamkeiten, das Komplimente machen. Das war mir auf Dauer zu anstrengend.«

»Vermisst du denn nicht etwas?«

Jonadin lachte und drückte Katharinas Hände, die er immer noch in seinen hielt. »Meine Arbeit im Rat erfordert meine ganze Aufmerksamkeit. Das Stillen meiner Lust mit diesen Elfen war nett, aber ich vermisse es nur selten. Mir fehlt dazu einfach die Zeit. Außerdem glaube ich, Mutter Erde hatte bei diesem Akt etwas anderes im Sinn, als reines Vergnügen.«

Jonadin sah kurz auf ihre verschränkten Hände und wieder in Katharinas Augen. Erst durch diesen kurzen Seitenblick wurde Katharina bewusst, dass sie sich immer noch festhielten. Jonadin zu spüren, fühlte sich für sie so selbstverständlich an.

Bei jedem anderen attraktiven Mann würde ihr Herz klopfen, sie wäre aufgeregt und würde auf einen Annäherungsversuch hoffen. Doch nicht in diesem Moment hier mit diesem Elfen.

»Wenn zwei sich finden, die zueinander gehören, ziehen sie sich an wie Magneten«, fuhr Jonadin fort. »Zeit, Raum und Welten spielen dabei keine Rolle. Sie bewegen sich unaufhörlich aufeinander zu, bis sie sich endlich gefunden haben. Wenn sie sich berühren, fühlen sie den anderen als einen Teil von sich. Es gibt nichts Fremdes, es liegt keine Spannung in der Luft. Als wären sie ein Ganzes. Sie sehnen sich nach der Nähe des anderen und können sich nicht nah genug sein. Sie wollen sich halten, sich umarmen und im Akt selbst verschmelzen sie miteinander. Er in ihr und sie um ihn.«

Katharina hörte ihm schweigend zu. Noch nie hatte jemand die Liebe so schön erklärt, wie Jonadin. Er wanderte mit seinen Fingerspitzen ihre Arme hinauf und hielt ihr Gesicht in seinen Händen. Katharina tat es ihm gleich und noch immer sahen sie sich tief in die Augen.

»Jonadin«, flüsterte Katharina und langsam bewegten sich ihre Lippen aufeinander zu.

Plötzlich klopfte es hart an der Haustür und beide fuhren auseinander.

»Verzeihung, Katharina, das ist Rion«, erklärte Jonadin und stand auf. »Ich fürchte, die Pflicht ruft.«

»Dann werde ich wohl besser gehen«, murmelte Katharina, erhob sich ebenfalls und sah ihm noch einmal in die Augen. »Das waren sehr schöne Worte, die du gerade gesagt hast.«

Jonadin lächelte und beugte sich zu ihr herab. »Nun ja, sie sind mir in deiner Nähe in den Sinn gekommen. Ob sie allgemeine Gültigkeit haben, lässt sich bezweifeln.«

Katharina schüttelte den Kopf. »Warum?«

»Viele Elfen wählen gleichgeschlechtliche Partner. Da kann es mit dem Eindringen und Umschließen manchmal etwas schwierig werden.«

Katharina lachte, während das Klopfen an der Tür aufdringlicher wurde.

»Ich komme!«, rief Jonadin und wendete sich noch einmal an Katharina. »Es war ein schöner Morgen in deiner Gesellschaft. Ich würde mich freuen, wenn wir das wiederholen könnten.«

»Sehr gern«, antwortete Katharina und aus einem Impuls heraus, drückte sie dem Elfen einen Abschiedskuss auf die Wange.

Kapitel 19

In Erigan angekommen brachten Darian und Barin Herrn Heimann in einem der freien Gästehäuser am Rand des Dorfes unter. Barin belegte die Hütte mit einem Bann, der den Kommissar an der Flucht hindern sollte. Darian hob den Nomenitus-Fluch auf und im nächsten Moment blickte sich Herr Heimann verwirrt um.

»Wo bin ich?«, fragte er verwundert und drehte sich um die eigene Achse. »Herr Merten!«, rief er überrascht. »Was soll das? Warum haben Sie mich niedergeschlagen?« Wütend ging er ein paar Schritte auf Darian zu. »Sind Sie verrückt? Einen Beamten anzugreifen und zu entführen? Wenn Sie mir jetzt sofort eine vernünftige Erklärung dafür liefern, lege ich beim Staatsanwalt ein gutes Wort für Sie ein und wenn sie Glück haben, kommen Sie mit einer Bewährungsstrafe davon!«

Darian sah auf den Kommissar hinab und verschränkte die Arme vor der Brust.

Regen Sie sich nicht auf«, brummte er. »Sie haben nicht auf mich gehört und jetzt sind Sie hier in meiner Heimat. Also brüllen Sie nicht so herum und benehmen Sie sich. Wenn alles gut läuft und Sie Glück haben, kommen Sie vielleicht mit dem Leben davon!«

Der Kommissar starrte ihn fassungslos an und schluckte. Darian drehte sich auf dem Absatz um und ging hinaus.

»Warten Sie!«, rief Herr Heimann.

Darian hatte die Tür offengelassen und der Kommissar lief ihm hinterher. Doch als wäre er gegen eine unsichtbare Wand gelaufen, prallte er auf der Schwelle zurück und fiel rückwärts auf den Boden. »Herr Merten! Bleiben Sie hier!«, brüllte er.

Darian drehte sich im Weggehen kurz zu ihm um. »Ich schicke jemanden, der Ihnen etwas zu essen bringt und später kümmert sich der Rat um Sie.«

Herr Heimann rappelte sich auf und verzog vor Schmerzen das Gesicht. Verdammt, das hatte weh getan. Beim Sturz auf den Boden war er genau auf seine Waffe gefallen, die er in einem Halfter am hinteren Hosenbund trug. Als Kommissar war er dazu verpflichtet eine Pistole zu tragen, auch wenn er es nicht gern tat. Daher zog er während der Arbeit selten das Jackett aus. Die Waffe blieb so vor anderen verborgen und auch er hatte sie nicht ständig im Blick. Sein Rücken hatte sich an den leichten Druck bereits gewöhnt. Doch direkt darauf zu fallen, war schmerzhaft gewesen. Er griff in die rechte Tasche seine Jacketts und fühlte sein Handy. Der Akku war leer, doch es wunderte ihn, dass man es ihm gelassen hatte. Familie Merten schien ihn bei seiner Entführung nicht durchsucht zu haben. Merkwürdig.

Herr Heimann sah sich in der Hütte, in der er gefangen war, um. Es gab nur einen Tisch mit vier Stühlen, ein Bett im hinteren Teil und die einzige Tür führte in eine kleine Nasszelle mit Dusche und Toilette. Mit einem Blick über die Schulter vergewisserte er sich, dass ihn niemand beobachtete, zog seine Pistole samt Halfter aus dem Gürtel und versteckte sie zusammen mit dem Handy unter dem Kopfkissen. Er zog sein Jackett aus und hängte es zum Auslüften über eine der Stuhllehnen. Seit vierundzwanzig Stunden trug er denselben Anzug und bei dem heißen Wetter fing er langsam an, unangenehm zu riechen.

Herr Heimann ging ins Bad, schlug sich kaltes Wasser ins Gesicht und starrte in den Spiegel. Wie zum Teufel war er hierhergekommen? Herr Merten hatte ihn niedergeschlagen. Er musterte sein Kinn im Spiegelbild. Die Haut war noch leicht gerötet, doch Schmerzen hatte er keine. Ungewöhnlich, nach einem Schlag, bei dem er das Bewusstsein verloren hatte. Im Wagen war er kurz aufgewacht und hatte anhand der Beschilderung auf der Autobahn erkannt, dass sie in Richtung Leipzig unterwegs waren. Dann war er wieder bewusstlos geworden.

Er musste mindestens zwölf Stunden weg gewesen sein. Er konnte sich weder an die Nacht erinnern, noch daran, wie er hierhergekommen war.

Doch wie sollte Herr Merten das gemacht haben? Der Kommissar kannte die Nachwirkungen von K.O. Tropfen und anderen Betäubungsmitteln. Er hatte sie nicht gespürt. Keine Benommenheit, keine Übelkeit, keine Kopfschmerzen oder Konzentrationsstörungen. Außerdem hatte er in dem Wagen von Familie Merten nichts zu sich genommen. Herr Merten hatte ihn nur angesehen und er war von einer Sekunde auf die andere bewusstlos geworden.

Herr Heimann krempelte die Ärmel hoch und trat an die Tür. Sie stand sperrangelweit auf, doch er hatte nicht hindurchgehen können. Vorsichtig streckte er die Hand aus. Seine Finger schienen gegen eine unsichtbare Mauer zu stoßen. Hastig zog der Kommissar sie zurück. Es hatte nicht weh getan, nicht so als hätte er einen elektrischen Schlag bekommen. Eher, als hätte ihm jemand leicht auf die Finger gehauen. Wie war das möglich?

Herr Heimann verschränkte die Arme vor der Brust und spähte hinaus.

»Das hier ist also die Heimat von Herrn Merten?«, murmelte er stirnrunzelnd.

In einiger Entfernung konnte er den Nachbau eines historischen Dorfes sehen. Die Gebäude wirkten mittelalterlich und verspielt, mit dem ganzen Grünzeug, das an ihnen emporrankte. Verkleidete Menschen liefen herum, saßen zusammen und unterhielten sich, oder kochten an kleinen Feuern vor den Hütten. Sie trugen jedoch keine alten Gewänder, sondern Leder- oder Leinenkleidung in natürlichen Farben. Herr Heimann schärfte seinen Blick. Die meisten hatten langes Haar und bei einigen von ihnen stachen spitze Ohrmuscheln daraus hervor. Es wirkte wie eine Filmkulisse, doch der Kommissar konnte nirgendwo Kameras oder anderes technisches Equipment erkennen.

Dann fiel es ihm wie Schuppen von den Augen. Er war auf einer LARP Veranstaltung!

Vor einigen Jahren gehörte er zum Korps, das für die Sicherheit dieser Rollenspiele in der freien Natur verantwortlich war. Die Besucher verkleideten sich als Elfen, Zwerge oder Orks. Viele der Masken und Kostüme, die er damals gesehen hatte, standen denen in Filmen wie Herr der Ringe in nichts nach. Es wurden Filmszenen nachgestellt oder die Teilnehmer lieferten sich Scheinkämpfe. Möglichst unauffällig, hatten er und seine Kollegen zusammen mit Sanitätern und den Veranstaltern ein Auge darauf gehabt, dass Fiktion und Realität nicht verschwammen.

Er sah sich aufmerksam um und versuchte, sich so viele Details wie möglich zu merken. Eine so aufwendige Kulisse hatte er noch nie gesehen. Schemenhaft erkannte er in den Bäumen versteckte Hütten, die mit Strickleitern vom Boden aus zu erreichen waren. Die Baumhäuser im Hambacher Forst waren ein Witz gegen diese Bauwerke. In dem Felsmassiv am Ende des Dorfes waren bewohnte Höhlen, die durch Holzleitern miteinander verbunden waren. Der Kommissar bezweifelte, dass die Konstruktionen vom Ordnungsamt abgenommen worden waren. Doch eine so große Veranstaltung wie diese, konnte unmöglich ohne das Wissen der Behörden aufgezogen werden, oder?

Jetzt bemerkte er einen Mann, der vom Dorfplatz aus lächelnd auf ihn zukam. Er war nicht verkleidet, hielt in der einen Hand einen Teller und in der anderen eine Flasche Wasser.

»Bonjour, Monsieur Heimann«, begrüßte er ihn.

Der Kommissar nickte stumm.

Der Mann stellte Teller und Flasche auf den Boden und schob sie Herrn Heimann durch die offene Tür entgegen. »Lassen Sie es sich schmecken!«

Skeptisch blickte der Kommissar den Mann und seine Gaben an. In diesem Ambiente hätte er gegrillte Hähnchenschenkel, Braten und gebrochenes Brot erwartet, aber nicht das, was auf dem Teller lag.

»Was ist das?«

»Pulled Pork Burger«, antwortete der Mann und grinste.

»Ist das kein Stilbruch? Ich meine, Sie geben sich mit dem Szenarium hier so viel Mühe und dann essen Sie Burger?«, fragte Herr Heimann sarkastisch.

Der Mann lachte und schüttelte den Kopf.

»Essen Sie, bevor er kalt wird. Es ist Pulled Pork vom Wildschwein. So etwas Gutes haben Sie noch nie gegessen. Das mit den Burgerbrötchen ist eine Idee von Madame Merten. Sie hat es hier eingeführt und ganz Erigan ist begeistert.«

Er drehte sich ohne ein weiteres Wort um und ließ den Kommissar allein zurück.

Herr Heimann setzte sich mit dem Essen an den Tisch und biss in den Burger. Erst jetzt merkte er, wie hungrig er war. Und der Mann mit dem französischen Akzent hatte recht. Es schmeckte ausgezeichnet. Irgendwie kam ihm dieser Kerl bekannt vor, aber er konnte sich beim besten Willen nicht erklären woher. Herr Heimann aß den Teller leer, stellte sich mit der Flasche Wasser in der Hand an die Tür und sah hinaus. Am Rand des Dorfes unterhielt sich der Franzose mit einem alten Mann. Der Greis hatte schlohweiße lange Haare, war in eine helle Mönchskutte gekleidet und stützte sich auf einen Stock. Neben ihm stand eine zierliche alte Dame. Sie trug normale Kleidung und ihre grauen Haare waren zu einem ordentlichen Dutt zusammen-geflochten. Gandalf und Frau Weichstein, dachte der Kommissar und lachte leise. Das Lachen verging ihm jedoch, als das alte Pärchen auf ihn zuging und kurz darauf tatsächlich Annarosa Weichstein vor ihm stand.

»Hallo Herr Heimann«, grüßte ihn die alte Dame. »Wie schön, Sie wiederzusehen. Darf ich Ihnen meinen Partner Cordelius vorstellen? Wir würden uns sehr gern mit Ihnen unterhalten.«

Eine Stunde später saß Kommissar Heimann an dem Tisch in seinem Gefängnis und starrte Cordelius und Annarosa ungläubig an.

»Das soll ich Ihnen glauben?«, schnaubte er und ließ die Hände auf den Tisch fallen. »Es gibt eine zweite Welt? Der Nebel, durch den ich gegangen bin, war ein Tor? Und jetzt wollen Sie meine Gedanken lesen, um zu entscheiden, ob ich mit dem Wissen weiterleben darf?«

Cordelius nickte freundlich und Annarosa legte lächelnd ihre faltige Hand auf die von Kommissar Heimann.

»Sie sind ein guter Mensch, das spüre ich. Ich habe überhaupt keine Bedenken, dass Sie die Prüfung bestehen. Sie sollten es nur freiwillig tun. Wir könnten natürlich Darian und Sadu bitten, Sie festzuhalten, aber ich hoffe doch sehr, dass das nicht nötig sein wird.«

Der Kommissar blickte Annarosa nachdenklich an. Er hätte niemals damit gerechnet, die alte Dame noch einmal zu sehen – schon gar nicht hier. Plötzlich wurden seine Augen groß und er stieß keuchend die Luft aus.

»Sie verstecken hier Pierre Mouton!«, rief er fassungslos. »Ich wusste doch, dass ich diesen Franzosen kenne. Sein Foto hängt in jeder Polizeidienststelle!«

Annarosa kicherte und Cordelius hob entschuldigend die Arme. »Meine Güte, Herr Heimann, das hat aber lange gedauert. Ich dachte schon, wir müssten ihn noch einmal zu Ihnen schicken.«

»Wie bitte?«

»Nun ja, Pierre ist unseren Beschützern eine große Hilfe. Nicht nur das Geheimnis um die Elfen muss gewahrt bleiben. Auch das seines Aufenthaltsortes.«

»Schließlich ist er Zareks Schwiegervater«, fügte Annarosa noch bekräftigend hinzu.

Der Kommissar blinzelte verwirrt. »Und Sie möchten jetzt meine Gedanken lesen, um zu entscheiden, ob ich schweigen werde?«

Cordelius nickte. Herr Heimann verschränkte die Arme vor der Brust und lehnte sich grübelnd zurück. Er könnte natürlich zu seiner Waffe hechten, die beiden Alten als Geiseln nehmen und sich so die Freiheit erkaufen. Doch irgendetwas in ihm sträubte sich dagegen. Dieser Cordelius und Frau Weichstein waren nette alte Leute, und einiges, was sie gesagt hatten, schien tatsächlich Sinn zu ergeben. Seine Neugier war geweckt. Bestimmt konnten die beiden ihm noch viel mehr erzählen. Über Pierre Mouton und sicher auch über die ungelösten Morde an Kai Fischer und Peter Burlach. Und Gedanken lesen? So ein Unsinn. Doch wenn er dafür ein paar nützliche Informationen bekam, würde er bei diesem Spiel gern mitspielen.

»Okay«, stimmte er zu. »Aber vorher möchte ich Ihnen ein paar Fragen stellen!«

Cordelius und Annarosa stellten sich dem Verhör von Kommissar Heimann und im Anschluss ließ dieser zu, dass Cordelius seine Hände an seine Schläfen legte. Die Welt um Herrn Heimann herum versank im Nebel. Schemenhaft blitzten Szenen aus seiner Vergangenheit vor seinen Augen auf, doch niemals schnell genug, dass er sie wirklich fassen konnte.

»Vielen Dank«, sagte der alte Mann nach einer Weile, ließ Herrn Heimanns Kopf los und lächelte.

»Und? Werden Sie mich jetzt ermorden lassen?«, brummte der Kommissar.

Cordelius schüttelte den Kopf und Annarosa kicherte.

»Mein lieber Herr Heimann«, erwiderte der alte Mann. »Sie sind ein außergewöhnlicher Mensch. Sie sind hier in Erigan, der Stadt der Elfen, doch Sie weigern sich zu glauben, was Sie mit eigenen Augen sehen. Sie suchen nach Betrug, Verrat und Intrigen, damit alles in Ihr Weltbild passt. Es wird Monate, wenn nicht Jahre dauern, bis Sie die Existenz der beiden Welten akzeptieren.«

»Und so lange wollen Sie mich hier festhalten?«

Cordelius lachte. »Nein. Wissen Sie, was das Gute an Ihnen ist?«

Der Kommissar blickte ihn finster an und schüttelte den Kopf.

»Jeder, dem sie von Erigan berichten, würde Sie für verrückt halten. Deshalb werden Sie unsere Welt nicht verraten. Sie haben viel zu viel Angst, dass andere Menschen glauben, Sie seien nicht bei Sinnen und sie könnten Ihre Arbeit nicht mehr machen. Auch dass Pierre sich hier im Erzgebirge versteckt, können Sie kaum glauben und das wird Ihren Kollegen ebenso ergehen. Außerdem werden Sie Erigan allein niemals wiederfinden. Sie sehen unsere Welt jetzt, aber niemand von Ihren Freunden oder Kollegen. Deshalb werden Sie schweigen.«

Herr Heimann sah den alten Mann mit großen Augen an.

»Natürlich werden Sie versuchen, Beweise für die Existenz der beiden Welten zu finden«, mischte sich Annarosa ein und lächelte den Kommissar an. »Vielleicht finden Sie sogar welche, aber dann werden Sie erst recht schweigen.«

»Und warum sollte ich das tun?«, fragte Herr Heimann skeptisch.

»Nun ja«, erklärte Cordelius. »Wenn Sie wissen, dass all dies hier Wirklichkeit ist, dass es tatsächlich eine zweite Welt gibt, dann wissen Sie auch, wie gefährdet unser Volk nach einer Entdeckung durch die Menschheit sein wird. Es wäre unser Untergang. Sie sind ein gerechter Mensch, Herr Heimann. Sie würden das niemals zulassen.«

Herr Heimann rieb nachdenklich sein Kinn und sah zwischen Annarosa und Cordelius hin und her.

»Komm, mein Herz«, sagte Cordelius und reichte Annarosa die Hand. »Der Kommissar braucht etwas Zeit für sich.«

Auf der Schwelle drehte er sich noch einmal um. »Ich hebe den Bann auf, der Sie hier einsperrt. Sie können gehen, wohin Sie wollen. Ich bitte Sie nur, nicht allein ins Dorf zu gehen. Für diejenigen aus meinem Volk, die noch unter dem Bann stehen, bewirkt Ihre Nähe ein Gefühl von Gefahr und Bedrohung. Und ich empfehle Ihnen, sich nicht zu weit von Erigan zu entfernen. Die Wälder hier sind groß und man kann sich leicht verirren. In zwei Tagen fahren Darian und Sam zurück nach Schierke und nehmen Sie gern mit.«

Sie ließen den Kommissar allein und gingen Hand in Hand zum Dorf.

»Glaubst du, er bleibt hier und versucht nicht zu fliehen?«, fragte Annarosa besorgt.

»Natürlich wird er fliehen, mein Herz«, lächelte Cordelius und zwinkerte ihr zu. »Und er wird sich ganz fürchterlich in den Wäldern verirren. Aber vielleicht tun ihm ein paar Stunden allein mit Mutter Erde ganz gut. Ich werde ihn schon wiederfinden.«

Kapitel 20

Am späten Nachmittag lag Katharina entspannt auf dem Sofa und las in dem Buch, das Jonadin ihr gegeben hatte. Regeln und Hinweise im Umgang mit Elfen lautete der Titel. Lea saß schon den ganzen Tag am Rechner. Ihre Finger flogen über die Tastatur und ihr Blick klebte am Bildschirm.

»Ich gehe schon«, sagte Katharina, als es an der Tür klopfte.

Lea war so in ihre Arbeit vertieft, dass sie nichts um sich herum wahrzunehmen schien.

Pierre Mouton stand vor der Tür, begrüßte Katharina mit einer galanten Verbeugung und reichte ihr einen Stapel Dokumente.

»Ich würde Sie gern hereinbitten, aber Lea steckt mitten in der Arbeit und ich glaube, sie möchte nicht gestört werden«, entschuldigte sie sich.

Pierre lächelte. »Das ist schon in Ordnung. Ich kann das verstehen. Lassen Sie sie ihren Job machen. Die Hochzeit soll ja bald geplant werden.«

Er verabschiedete sich und Katharina sah neugierig auf die Papiere, die der Franzose ihr in die Hand gedrückt hatte.

»Oh mein Gott! Das ist Lukan!«, keuchte sie überrascht.

»Was?«, murmelte Lea, ohne den Blick vom Bildschirm abzuwenden.

»Lea!«, rief Katharina. »Jetzt musst du aber mal eine Pause machen. Was um Himmels willen hast du mit dem Sexiest Man Alive zu tun?«

Lea schnaubte, reckte sich und sah fragend zu Katharina hinüber.

»Sexiest Man Alive?«, wiederholte sie.

»Ja, verdammt«, bekräftigte Katharina und ihre Wangen färbten sich rot. »Ich habe alles in der Presse verfolgt. Er war der Leibwächter von Gräfin Zoe Truchseß von Baldersheim. Die beiden haben sich verliebt und sie hat zu ihm gehalten, selbst als versucht wurde, sie mit Schmuddelfotos auseinander-zubringen. Und der Franzose sagte gerade, sie wollen heiraten! Gott, das ist so romantisch!«

Lea stand auf, dehnte ihre verspannten Nacken-muskeln und grinste.

»Pierre und ich sorgen dafür, dass sie bald das Aufgebot bestellen können.«

»Hä? Was habt ihr denn damit zu tun?«

»Lukan ist ein Elf«, erklärte Lea grinsend.

Katharina blinzelte ein paarmal, doch dann lachte sie. »Wieso wundert mich das jetzt nicht?«

Sie schüttelte den Kopf und ihr Blick wurde ernst. Sie sah Lea an und nagte an ihrem Daumennagel. »Es ist alles wahr, was Jonadin mir heute Morgen erzählt hat, oder?«

Lea nickte.

»Ich kann es trotzdem kaum glauben.«

»Das ist schon okay«, beruhigte Lea ihre Freundin. »Ich bin in zwei Welten aufgewachsen, aber ich weiß wie schwer es anderen gefallen ist, das zu akzeptieren. Du hast alle Zeit der Welt, um dich zurechtzufinden.«

»Ich bin mir da nicht so sicher«, murmelte Katharina nachdenklich. »Die Polizei ermittelt wegen des Brandes und ist bestimmt auf der Suche nach uns. Wir müssen uns unbedingt bei denen melden! Wir müssen mit unserer Versicherung sprechen und eine Schadensmeldung machen! Wir müssen bei der Bank Bescheid sagen, warum wir nicht zur Arbeit kommen. Die kündigen uns sonst noch! Und ich muss beim Sportverein anrufen. Jemand muss für mich die Zumbakurse übernehmen!«

Lea legte die Hände auf Katharinas Schultern und sah ihr lächelnd in die Augen.

»Weißt du, wie oft du gerade muss gesagt hast?«

»Ich verstehe nicht, wie du so entspannt sein kannst!«, rechtfertigte sich Katharina. »Wir bleiben wohl kaum für immer hier, oder? Was wird mit uns? Für Lukan machst du den Weg frei und unser eigenes Leben geht gerade den Bach runter!«

»Na ja, wir leben«, widersprach Lea. »Jemand hat es auf mich abgesehen und dadurch bist auch du in Gefahr. Hier sind wir in Sicherheit. Alles andere ist mir völlig egal. Du wärst fast gestorben, Katharina!« Lea lächelte ihr aufmunternd zu. »Wenn wir unseren Job verlieren, finden wir einen anderen. Niemand stirbt, wenn ein Zumbakurs ausfällt. Und scheiß auf die Versicherung!«

Katharina musste unwillkürlich lachen. »Du hast recht. Scheiß drauf. Aber Sorgen mach ich mir trotzdem.«

»Klar, meinst du ich nicht? Aber wir sind nicht allein, Katharina. Wir haben Freunde. Menschen, wie du und ich, für die der Bann gebrochen ist. Elfen, die uns helfen werden, und nicht zuletzt den Elfenrat. Jonadin hat bisher noch jedes Problem in den Griff bekommen.«

Katharina atmete tief durch und nickte. »Ja, er wird uns nicht im Stich lassen. Er ist ein wirklich außergewöhnlicher Mann.«

Lea hob fragend eine Augenbraue.

»Läuft da was zwischen euch?«, fragte sie neugierig.

»Ach, Quatsch«, wehrte Katharina ab, doch ihre Wangen färbten sich rot und sie kratzte sich verlegen im Nacken. »Und was ist das mit dir und Rion?«

Leas Gesicht versteinerte.

»Nichts«, flüsterte sie und senkte den Blick.

»Entschuldige Lea.« Betroffen griff Katharina nach Leas Hand. »Ich wollte dich mit der Frage nicht verletzen.«

»Ist schon okay.« Lea straffte die Schultern und zwang sich zu einem Lächeln. »Wir hatten vor Jahren mal was miteinander, aber es ist vorbei. Danach hatten wir uns noch nicht wieder gesehen. Deswegen ist die Situation im Moment etwas unangenehm. Aber das gibt sich. Jetzt muss ich aber weiterarbeiten.« Lea ging zum Schreibtisch und zwinkerte Katharina zu. »Damit du bald neue Fotos von Lukan und seiner Hochzeit in der Zeitung bewundern kannst!«

Katharina setzte sich aufs Sofa und schnappte sich das Buch von Jonadin. Doch mit den Gedanken war sie bei Lea und Rion. So wie die zwei sich benahmen, war da überhaupt nichts vorbei.

Ein erneutes Klopfen an der Tür ließ Katharina aufblicken. Lea reagierte nicht, sie war wieder ganz in ihre Arbeit vertieft.

Katharina stand seufzend auf und öffnete die Tür.

»Hallo Rion!«, begrüßte sie den Elfen überrascht und bat ihn hereinzukommen.

Sie war ein bisschen stolz auf sich, dass sie daran gedacht hatte. Jonadin hatte ihr erklärt, dass Elfen das Zuhause eines Menschen nur auf Einladung hin betreten können. Deshalb wäre der Angreifer bei dem Waldhaus auch gezwungen gewesen, draußen zu bleiben. Selbst hier in Erigan galt dies und solange Lea und Katharina keine neue Wohnung hatten, würde jedes Heim, das sie bewohnten, automatisch für Elfen unzugänglich sein.

Doch Rion machte keine Anstalten über die Schwelle zu treten. »Kann ich mit Lea sprechen?«

»Sicher«, entgegnete Katharina. »Lea! Besuch für dich!«, rief sie.

»Ja, Moment!«, murmelte Lea und starrte konzentriert auf den Bildschirm. »Bin sofort fertig!«

»Na, komm schon rein«, bat Katharina und trat zur Seite. »Ich wollte sowieso gerade einen Spaziergang machen.«

Rion blieb im Eingangsbereich stehen, Katharina ging an ihm vorbei nach draußen und schloss die Tür hinter sich.

»So! Fertig!«, seufzte Lea und sah zur Tür. »Rion!«, rief sie überrascht, stand auf und blieb in gebührendem Abstand zu ihm stehen. »Was machst du denn hier?«

»Ich wollte mit dir reden.«

»Was gibt es denn?«, fragte Lea und verschränkte schützend die Arme vor der Brust.

Rion senkte den Blick und schob die Hände tief in die Hosentaschen. »Dalari hat mich vorhin gefragt, ob ich ihr Partner werden möchte.«

Lea trafen die Worte mitten ins Herz und sie holte tief Luft, bevor sie antwortete. »Oh … herzlichen Glückwunsch.«

Rion hob den Kopf und sah ihr fest in die Augen. »Ich habe Nein gesagt.«

»Du hast … was?« Lea ließ die Arme sinken und starrte Rion fassungslos an.

»Nein gesagt.«

»Das … das verstehe ich nicht.«

Ein leises Lächeln huschte über Rions Gesicht. »Was verstehst du daran nicht?«

»Ich meine, du hast als Beschützer eine Elfe gefunden, die dich will! Ich schätze, dass das nicht allzu oft vorkommt, oder?«

»Eher nicht«, bestätigte Rion.

»Und ich habe Dalari gesehen. Sie ist wirklich extrem hübsch.«

»Ja, sicher. Aber sie ist nicht du.«

»Ich?« Lea starrte ihn fassungslos an.

Rion nickte. »Ich weiß nicht, ob das mit uns eine Zukunft hat, aber ich weiß ganz sicher, dass ich keine mit Dalari und keine hier in Erigan haben will.«

»Aber ... aber«, stammelte Lea. »Du musst doch hier in Erigan sein, wenn du Ratsmitglied wirst.«

»Ich habe meine Bewerbung für das Amt zurückgezogen.«

»Was?«

Rion legte den Kopf schräg und konnte sich ein Grinsen nicht verkneifen. »Sag mal, rede ich so undeutlich, oder was ist los mit dir?«

Lea blinzelte verwirrt.

»Nein, ich ... Warum machst du das?«

»Die letzten Tage haben mir gezeigt, dass ich nicht dazu geboren bin, mir am Ratstisch den Hintern platt zu sitzen. Ich will das Volk nicht führen, ich will es beschützen. Vor den Menschen und vor sich selbst. Ich will wissen, wer es auf dich abgesehen hat, ihn finden und bestrafen. Ich hatte heute ein langes

Gespräch mit Jonadin. Er versteht das und meine Entscheidung hat seinen Segen.«

»Okay«, hauchte Lea verblüfft.

»Das nächste Ratsmitglied muss objektiv sein. Es darf nicht zu eng mit dem Menschenvolk verbunden sein.«

»Aber du bist doch gar nicht ...«

Mit einem Schritt stand Rion dicht vor Lea, legte seine Hände an ihre Wangen und sah ihr tief in die Augen.

»Noch nicht«, hauchte er an ihren Lippen. »Aber ich werde garantiert nichts tun, was mir die Möglichkeit dazu nimmt.«

»Ich verstehe nicht«, murmelte Lea benommen.

Rion küsste sie leicht auf den Mund und grinste. »Macht nichts, ich werde dir das schon noch erklären.«

Laute Stimmen, die vom Dorfplatz herüberschallten, lenkten Rion ab und er sah aus dem Fenster. Sein Blick verfinsterte sich und er biss die Zähne fest zusammen. »Es tut mir leid, aber ich muss jetzt gehen. Mein Vater und sein Gefolge sind so eben angereist.«

Kapitel 21

Am nächsten Morgen setzte sich Lea mit einer Tasse Kaffee vor das Gästehaus und betrachtete das Treiben auf dem Dorfplatz. Elfen liefen geschäftig hin und her, brachten körbeweise Speisen und Getränke oder legten letzte Hand an die Dekoration. Immer neue Gäste kamen an und man half ihnen, am Dorfrand ihre Zelte aufzubauen, oder freie Unterkünfte in den Häusern und Höhlen zu finden.

Heute Abend wollte der Rat entscheiden, wer in ihre Mitte aufgenommen werden sollte. Viele Elfen aus nah und fern waren angereist, um das mitzu-erleben und zu feiern. Endlich sollte der Rat wieder aus vier Elfen bestehen. Wie die vier Elemente würden sie über das Schicksal des Volkes wachen.

Auch Lea war gespannt, für wen sich der Rat heute Abend entscheiden würde. Sie wusste, dass Rion ihr Favorit gewesen war, doch der stand nun nicht mehr zur Verfügung.

Gestern hatte sie gehofft, er würde noch einmal zurückkommen, doch er hatte sich nicht mehr blicken lassen. Sein Vater hatte wohl seine ganze Aufmerksamkeit beansprucht. Als er gegangen war, hatte sie minutenlang nur da gestanden und ihm hinterhergestarrt. Seine Worte hallten in ihr nach, doch sie wagte nicht zu hoffen, dass sie ihn richtig verstanden hatte. Eine gemeinsame Zukunft mit Rion? Es gab nichts, was sie sich mehr wünschen würde und gleichzeitig nichts, was sie sich schwerer vorstellen konnte.

»Psst! Lea!«, raunte plötzlich eine Stimme in ihrem Rücken.

»Rion?«, fragte Lea verwundert, sah sich suchend um und entdeckte ihn schließlich hinter der Hausecke. »Was machst du hier? Spielst du Verstecken?«

»Könnte man sagen«, erwiderte Rion und grinste. »Ich versuche, meinem Vater aus dem Weg zu gehen.«

»Warum?«

»Er hat gestern Abend kurz nach seiner Ankunft im Dorf erfahren, dass Dalari ausgezogen ist. Während ich bei dir war, hat sie ihre Sachen gepackt. Kiovan hat getobt, wollte wissen, was vorgefallen war und … na ja, du kennst ihn.« Rion lächelte schief. »Er traut sich nicht mehr, mich zu schlagen, aber ich glaube, das hätte er sehr gern getan. Wenn er jetzt noch herausbekommt, dass ich für den Rat nicht mehr zur Verfügung stehe, wird er komplett ausflippen.«

Lea lachte. »Also versteckst du dich bis zur Entscheidung hinter meinem Haus?«

Rion legte den Kopf schräg. »Ich wollte dich eigentlich fragen, ob du Lust hast, mit mir ein paar Stunden mit mir zu verschwinden. Jonadin, Barin und Cordelius sind mit den Vorbereitungen in der Ratshöhle beschäftigt. Alle anderen Elfen gehen davon aus, dass ich gewählt werde und wollen dem zukünftigen Ratsmitglied keine Arbeiten übertragen.«

Lea nickte lächelnd. »Ich sag schnell Katharina Bescheid, dass ich eine Weile weg bin.«

Rion und Lea schlichen sich an den Gästehäusern vorbei und bald hatte der dichte Wald sie verschluckt.

»Ich habe gestern mit Jonadin noch einmal über die Angriffe auf dich und Katharina gesprochen«, erzählte Rion, während sie gemächlich durch den Wald spazierten.

Lea schaute gespannt zu ihm herüber.

»Mein Vater beherrscht den Feuerfluch. Auch wenn er darin nicht so gut ist wie Jonadin oder ich.

Es gibt nicht viele Elfen, die einen Feuerball heraufbeschwören und kontrollieren können.«

»Glaubst du, er steckt dahinter?«

Rion blickte nachdenklich in den Himmel.

»Ehrlich, ich weiß es nicht. Mein Vater ist ein Despot. Aber er ist kein Mörder. Das hätte ich zumindest vor ein paar Jahren noch gesagt. Nachdem du mir die zweite Welt offenbart hast, hatte ich kaum noch Kontakt zu ihm oder meiner Mutter. Als meine Mutter starb, ist auch die letzte Verbindung zu ihm abgebrochen. Er war rasend vor Zorn, als der Bann bei mir gebrochen war und sein Fluch mich nicht getroffen hat. Wenn er wüsste, wie es passiert ist, würde sich sein Zorn gegen dich richten. Aber Jonadin hat mir versichert, dass er es niemandem gesagt hat. Ich ebenso wenig und du sicher auch nicht, oder?«

Lea schüttelte den Kopf.

»Außerdem kann er nicht wissen, wo du wohnst und Annarosas Waldhaus kennt er auch nicht. Vier Elfen haben uns im Harz aufgelauert. Mein Vater ist gestern mit vier Freunden hier angekommen. Ich kann nicht beschwören, dass sie es waren, aber es ist ein merkwürdiger Zufall. Allerdings ist mir schleierhaft, wie sie uns im Harz aufspüren konnten.«

Lea seufzte. »Ich würde wirklich gern wissen, wer es auf mich abgesehen hat.«

»Wenn die Feierlichkeiten vorbei sind, wird der Rat nicht eher ruhen, bis diese Sache aufgeklärt ist. So lange bist du in Erigan sicher wie im Schoß von Mutter Erde. Kein Elf wird es wagen, hier seine Hand gegen dich zu erheben.«

»Besonders nicht, wenn ein so starker Beschützer an meiner Seite ist«, grinste Lea.

Sie erreichten eine kleine Lichtung und blieben stehen. Rion stellte sich vor sie und sah ihr tief in die Augen.

»Da hast du recht«, sagte er ernst. »Ich würde mein Leben für dich geben.«

»Rion«, flüsterte Lea betreten. »Wegen mir hast du Dalari abgewiesen und deinen Sitz im Rat abgelehnt. Ich habe Angst, dass du etwas in mir siehst, was nicht da ist.«

»Wie kommst du darauf?«, fragte Rion und strich ihr sanft eine Haarsträhne aus dem Gesicht.

»Wir kennen uns doch eigentlich kaum«, beharrte Lea. »Ich meine, wir hatten unseren Spaß zusammen, aber wir haben noch nie richtig miteinander gesprochen. Vielleicht ist das alles ein riesiger Fehler und du ruinierst gerade deine Zukunft!«

Rion lachte. »Es ist kein Fehler. Ich kenne dich besser, als du denkst. Und ich fürchte, du kennst mich besser, als mir lieb ist. Es gibt einen Grund dafür, dass mir deine Nähe schon früher nicht so unangenehm war, wie die der anderen Menschen. Mutter Erde hat dich für mich bestimmt.«

»Was macht dich da so sicher?«

»Als meine Eltern mich das erste Mal mit zum Tor genommen haben und mein Vater mich geschlagen hat, weil ich meine Angst nicht verbergen konnte, habe ich gewusst, dass da jemand ist, der um mich weint. Nicht nur, weil ich dir leidgetan habe, sondern weil ich dir wichtig war. Du warst noch jung. Ich wette, deine Eltern haben dich getröstet. Warum haben sie zugelassen, dass du jedes Mal mitgekommen bist? Sicher nicht, damit du zusiehst, wie ein Mann seinen Sohn verprügelt. »

Lea schluckte. »Weil ich es wollte. Ich habe gebettelt und gefleht und einmal bin ich ihnen sogar heimlich gefolgt.«

»Du wolltest meine Nähe. Schon damals. Du hast gespürt, dass mir deine Anwesenheit hilft.«

»Aber warum warst du dann so gemein zu mir, als wir älter waren?«

Rion lächelte entschuldigend. »Du warst kein Kind mehr. Und ich war ein Teenager mit Testosteronüberschuss. Mein Vater hat mir den Eid abgerungen, niemals durch ein Tor zu gehen. Ich fühlte mich zu dir hingezogen und war sauer, weil es keinen Weg gab, dich zu erreichen. Ich wollte nicht allein darunter leiden, sondern es dich ebenfalls spüren lassen. Zumindest glaube ich das heute. Wer weiß schon genau, was in einem hormongesteuerten Jugendlichen vorgeht.«

Lea lachte.

»Als du den Bann für mich gebrochen hast, habe ich dich das erste Mal berührt. Und als ich dir in die Augen sehen konnte, wusste ich, dass du zu mir gehörst. Doch am nächsten Tag warst du verschwunden und ich habe dich nie wieder gesehen. Ich dachte, du wolltest mich nicht. Glaubte, diese eine Nacht hättest du mir nur Jonadin zuliebe geschenkt.«

Tränen schwammen in Leas Augen und sie schluckte schwer. »Ich habe es auch gespürt, aber ich konnte es nicht glauben. Du hast mich verletzt und um mich zu schützen, habe ich versucht, dich zu hassen. Du warst so ein Ekel. Ständig hattest du andere Elfenfrauen bei dir. Sie waren so anmutig und schön und ich ...« Lea senkte den Blick. »Ich meine, sieh mich doch an!«

Rion hob mit einem Finger ihr Kinn an und sah ihr in die Augen.

»Das tue ich, mein Herz«, lächelte er und küsste sie sanft.

Lea legte ihre Hände um seinen Nacken und drückte ihn fest an sich.

»Warum hast du nie etwas gesagt?«, flüsterte sie und seufzte. »Wir haben so viel Zeit verloren.«

Rion strich mit der Hand zärtlich über ihr Haar.

»Hey, ich bin ein Mann!«, murmelte er lächelnd. »Du hast mich sitzen gelassen. Ich wache nach der besten Nacht meines Lebens auf und liege allein im Bett. Das war für mich deutlich genug. Ich habe auch meinen Stolz!«

Lea schlang die Arme um Rions Taille und lehnte ihren Kopf an seine Brust.

»Es tut mir leid«, murmelte sie. »Ich hätte mutiger sein sollen.«

»Es muss dir nicht leidtun«, widersprach Rion und strich zärtlich über ihren Rücken. »Vielleicht haben wir die Zeit gebraucht, um zu erkennen, dass wir zusammengehören. Wer weiß schon, was Mutter Erde sich dabei gedacht hat.«

Eng umschlungen standen sie am Rande der Lichtung. Lea schmiegte sich an ihn und lehnte den Kopf an Rions breite Schulter. Sie konnte sich nicht erinnern, jemals so ein Gefühl von Glück, Zufriedenheit und Liebe gespürt zu haben. Bis ans Ende ihrer Tage könnte sie hier stehen bleiben, in Rions Armen, mit seinem Herzschlag an ihrem Ohr. Wenn es Mutter Erde wirklich gab, hatte sie die perfekte Kulisse für diesen einzigartigen Moment geschaffen. Die Sonne schien warm auf die Lichtung, ein paar Wolken zogen langsam vorbei und der Wind ließ die Blätter in den Bäumen leise rauschen. Ein paar Vögel zwitscherten und links von ihnen, am Rand des Waldes, graste friedlich ein Hirsch aus der anderen Welt.

Plötzlich stutzte Lea. War das derselbe Hirsch, den sie die letzten Tage immer wieder gesehen hatte? Und wenn er es war, wo war der Elf, der ihn begleitete?

Rion spürte Leas Anspannung.

»Was ist los?«, fragte er alarmiert.

»Links von mir am Rand der Lichtung steht ein Hirsch«, flüsterte sie.

Rion hob fragend eine Augenbraue. »Und das beunruhigt dich?«

»Seit wir in Schierke aufgebrochen sind, habe ich ihn jeden Tag gesehen. Ein Elf war oft in seiner Nähe und einmal ist er sogar auf ihm geritten. Ich glaube, er verfolgt mich.«

»Warum hast du mir nichts davon erzählt?«

»Er war immer nur ganz kurz da! Beim zweiten Blick war er jedes Mal verschwunden.«

»Ist er jetzt noch da?«

Lea schaute unauffällig zur Seite.

»Ja«, flüsterte sie. »Und der Elf lehnt ein paar Meter tiefer in den Wald hinein an einem Baum. Er beobachtet uns.«

»Okay«, brummte Rion. »Wir werden jetzt so tun, als würde ich nach Erigan zurückgehen. Du bleibst hier, ich schleiche mich von hinten an den Elfen heran und schnappe ihn mir.«

Er küsste Lea zum Abschied und nickte ihr aufmunternd zu. Dann drehte er ihr den Rücken zu und verschwand zwischen den Bäumen.

Lea setzte sich ins Gras und zupfte scheinbar gelangweilt an den Halmen. Der Hirsch graste immer noch auf der Lichtung, doch Lea sah bewusst in die andere Richtung. Sie verfolgte den Weg der Wolken am Himmel und beobachtete den Flug der Vögel.

Sie schrak zusammen, als der Hirsch plötzlich einen lauten Warnlaut von sich gab und blickte zu ihm hinüber. Im selben Moment kam Rion aus dem Unterholz und stieß einen Elfen vor sich her. Der Hirsch tänzelte nervös umher, gab merkwürdige röhrende Rufe von sich und schwenkte aggressiv sein mächtiges Geweih. Der fremde Elf stieß einen kurzen Pfiff aus. Der Hirsch hielt inne, dann trabte er mit erhobenem Kopf davon und verschwand im Wald.

Lea ging Rion entgegen. Es schien keine große Anstrengung gewesen zu sein, den Elfen zu überwältigen. Der Elf war kleiner, als Lea vermutet hatte, von schmächtiger Gestalt und hatte die Kapuze seines Umhangs tief ins Gesicht gezogen.

Rion gab dem Elfen einen Stoß und er fiel vor Lea auf den Boden.

»Wer bist du und warum verfolgst du Lea?«, fragte er wütend.

Der fremde Elf rappelte sich auf, zog die Kapuze von seinem Kopf und sah Rion an. Rion schnappte erschrocken nach Luft, wurde kreidebleich und taumelte einen Schritt zurück.

»Mutter!«, stieß er keuchend hervor.

Auch Lea starrte die Frau fassungslos an.

Luana sah Rion flehend an und streckte ihm eine Hand entgegen.

»Es tut mir unendlich leid, mein Sohn«, flüsterte sie mit belegter Stimme. »Bitte verzeih mir.«

Rion fuhr sich mit den Händen über das Gesicht und ging einen Schritt auf Luana zu.

»Ich habe um dich getrauert«, flüsterte er tonlos und sah seine Mutter an, als fürchtete er, sie könnte jeden Moment vor seinen Augen verschwinden.

Luana schluckte und Tränen liefen über ihre Wangen. »Ich wollte dir sagen, dass ich noch lebe, aber ich konnte nicht.«

Rion blickte seine Mutter verständnislos an.

»Ich hatte nicht geplant, meinen Tod vorzu-täuschen. Und ich hatte auch niemals vor, Lea etwas anzutun. Ich schwöre es dir bei Mutter Erde.«

»Aber warum hast du dich nicht bei mir gemeldet?«

»Wegen deines Vaters«, flüsterte Luana. »Durch den Eid, den du Kiovan geschworen hast, bist du auf ewig mit ihm verbunden. Wenn du dein Versprechen brichst und durch ein Tor gehst, wird sein Fluch dich treffen. Auch wenn der Bann bei dir schon lange gebrochen ist. Deshalb weiß er zu jeder Zeit, wo du bist. Ich hatte Angst, dass er mich über dich findet. Bitte verzeih mir.«

Luana ging einen Schritt auf Rion zu, griff nach seiner Hand und sah flehend zu Lea hinüber.

Lea legte eine Hand auf Rions Rücken und schob ihn sanft Luana entgegen. Als hätte diese Geste Rion aus seiner Erstarrung befreit, schloss er Luana in die Arme. Der große, starke Beschützer drückte seine Mutter an sich und legte seinen Kopf auf ihr Haupt. Luana hielt ihn und strich beruhigend über seinen Rücken.

»Erzähl mir, was passiert ist«, bat Rion, nachdem er seine Fassung wiedererlangt hatte. »Wieso glaubt Kiovan, dass ein Mensch dich getötet hat?«

»Kiovan und ich besuchten Freunde im Harz. Auf dem Heimweg gab es tatsächlich einen Unfall. Doch nicht ich bin von dem Auto angefahren worden, sondern ein Hirsch.« Luana senkte den Blick. »Kiovan war vorgegangen, wie immer. Ich wollte die Straße überqueren, doch in dieser Nacht waren viele

Menschen mit ihren Fahrzeugen dort unterwegs. Ich habe gewartet und als ich es wagen wollte, brach plötzlich ein Hirsch direkt neben mir aus dem Unterholz. Ein Auto raste heran, erfasste ihn und schleuderte ihn tief in den Wald. Sein Schmerzensschrei ging mir durch Mark und Bein und ich wollte ihm helfen. Ich bin zu ihm geeilt und gerade, als ich ihn gefunden hatte, hörte ich deinen Vater nach mir rufen.« Luana knetete nervös ihre Hände. »Er hätte niemals zugelassen, dass ich dem Hirsch helfe. Er wollte nach Hause und das Leben eines Tieres hat ihn noch nie interessiert. Also habe ich geschwiegen und versucht, das Tier mit meiner Magie so schnell wie möglich zu heilen. Ich wusste ja, sobald Kiovan mich findet, würde er mich fortzerren und der Hirsch müsste sterben.«

Rion nickte verständnisvoll und Lea blickte Luana mitfühlend an.

»Ich besitze keine großen magischen Kräfte. Nur das Heilen von Tieren liegt mir im Blut. Kiovans Rufen hat die letzten Reserven in mir mobilisiert, denn ich musste mich beeilen. Irgendwann bin ich über dem Tier zusammengebrochen. Als ich aufwachte, lag ich auf seinem Rücken und es schritt mit mir durch den Wald.«

»Und was passierte dann?«, fragte Lea, die gebannt an Luanas Lippen hing.

»Ich bin auf eine Gruppe Elfen gestoßen, die ich nicht kannte. Ich wollte mich gerade zu erkennen geben, als sie mir erzählten, Kiovans Partnerin sei am Tag zuvor von einem Menschen getötet worden.«

Luana sah ihren Sohn bittend an.

»Ich war völlig überrascht, sprachlos und im nächsten Moment dachte ich: Was, wenn ich für Kiovan wirklich tot wäre? Ich erwarte nicht, dass du das verstehst, Rion, aber ich fühlte mich zum ersten Mal seit sehr langer Zeit endlich frei. Kiovan und alle anderen glaubten, ich sei tot. Es war, als würde jede Faser in meinem Körper aufatmen. Ich dachte natürlich auch an dich, Rion. Aber du bist erwachsen, du hast dein eigenes Leben. Ich wollte nur eine Weile für mich sein. Ich wollte in Ruhe nachdenken.«

Rion zog fragend eine Augenbraue hoch. »Du hast ein halbes Jahr nachgedacht, Mutter? Meinst du nicht, du hättest mir in der Zeit wenigstens eine Botschaft schicken können?«

Luana schüttelte den Kopf.

»Ich habe auf Lea aufgepasst«, erklärte sie.

»Auf mich?«, fragte Lea verwundert.

Luana nickte und sah hinüber auf die andere Seite der Lichtung. Der Hirsch war wieder aufgetaucht und beobachtete sie aufmerksam.

»Komm her, Brak«, rief Luana und das große Tier trabte majestätisch auf sie zu.

Lea trat automatisch einen Schritt zurück und Rion betrachtete das Tier skeptisch.

»Ich bin mit ihm verbunden«, erklärte Luana. Der Hirsch stieß sie sanft mit der Schnauze an, ging ein paar Meter weiter und äste am Rand der Lichtung. »Wir können miteinander kommunizieren. Ich weiß nicht genau, wie es funktioniert, aber wir verstehen uns. Die ersten Tage bin ich mit Brak durch die Wälder gezogen und habe mich vor anderen Elfen versteckt. Aber natürlich waren welche in unserer Nähe. Mit Braks Hilfe habe ich sie belauscht, auch die Freunde von Kiovan. Dein Vater war außer sich. Nicht weil ich gestorben war, sondern weil ein Mensch mich auf dem Gewissen hatte. Er hat meinen vermeintlichen Mörder mit einem Fluch umgebracht. Und jetzt wollte er den Menschen töten, der seinem Sohn die andere Welt gezeigt hat. Dich, Lea.«

»Aber woher wisst ihr davon?«, fragte Lea fassungslos.

Luana lächelte traurig.

»Kiovan ist nicht dumm und ich bin es auch nicht. Wir haben schon vor Jahrzehnten gesehen, dass es zwischen euch eine besondere Verbindung gibt. Deshalb hat Kiovan Rion schwören lassen, niemals durch ein Tor zu gehen. Das war der einzige Weg, der uns bekannt war. Solange der Bann noch auf

Rion ruhte, war für Kiovan sichergestellt, dass ihr euch niemals näherkommen würdet. Er hatte Angst, dass du Rions Zukunft im Elfenvolk zerstörst.«

Luana sah ihren Sohn prüfend an.

»Ihr habt es wie Alina und Sadu gemacht, oder?«

Lea lief knallrot an, Rion räusperte sich verlegen und nickte.

»Das haben wir damals auch vermutet und Kiovan hat vor Wut getobt. Doch als ihr danach getrennte Wege gegangen seid, hat er sich auf andere Dinge konzentriert. Nach meinem vermeintlichen Tod ist er noch radikaler geworden und sein Hass auf dich ist wieder aufgeflammt. In der Stadt glaubte ich dich in Sicherheit, doch wenn du die Wochenenden allein in Annarosas Haus verbracht hast, war ich immer in der Nähe. Als du am späten Abend plötzlich mit deiner Freundin zusammen dort ankamst, war mir klar, dass etwas Schlimmes passiert sein musste. Bald darauf ist dann auch Kiovan dort aufgetaucht. Rion, du weißt, was für ein ausgezeichneter Läufer dein Vater ist. Als er einen Feuerfluch heraufbeschworen und auf euch geschossen hat, war ich außer mir. Ich bin nicht sonderlich kräftig, aber Brak ist stark. Er hat Kiovan angegriffen und vertrieben. Ich wollte gerade ins Haus und euch heraushelfen, als Rion mit Jonadin und dem Helfer angekommen ist.«

»Warum hast du dich da nicht gezeigt?«, fragte Rion verwundert.

Luana sah ihren Sohn tadelnd an. »Also wirklich, Junge! Glaubst du, das wäre ein guter Zeitpunkt gewesen? Leas Freundin lag im Sterben und Jonadin versuchte vergeblich, ihr zu helfen. Du hattest Lea auf dem Arm, hast lauernd nach dem Angreifer Ausschau gehalten und dann die vielen Menschen, die da herumliefen. Deiner totgeglaubten Mutter gegenüberzustehen, wäre vermutlich nichts gewesen, was du in diesem Moment gebraucht hättest.«

Rion nickte. »Da hast du recht.«

»Aber woher wussten Kiovan und du von Annarosas Haus?«, fragte Lea nachdenklich. »Jonadin sagte, niemand würde es kennen. Es wäre für mich im Notfall eine sichere Unterkunft!«

Luana legte den Kopf schräg und schnaubte abfällig. »Jonadin selbst hat uns von der Hochzeit von Darian und Sam erzählt, die sie dort gefeiert haben. Wir haben Freunde im Harz. Es war nicht schwer, diese Hütte zu finden. Kiovan hat Jonadin regelmäßig besucht und schon früher hat er in den Sachen seines Bruders herumgestöbert. Er wusste immer, wo du warst, Lea.«

Lea sah Luana verwirrt an.

»Du hast Jonadin die letzten Jahre nicht besucht, aber du hast ihm geschrieben. Von dem Umzug nach

Gieboldehausen und dass du oft in Annarosas Haus an den Identitäten der Beschützer arbeitest.«

Rion starrte seine Mutter fassungslos an.

»Vater hat seinen eigenen Bruder hintergangen? Wie konnte er das tun?«

»Ich weiß es nicht«, seufzte Luana traurig. »Er hat schon immer seine eigenen Ziele verfolgt. Rowian war sein Freund und Kiovan war in vielen Dingen seiner Meinung. Er hat schon vor Jahren im Verborgenen sein Vermächtnis angetreten und Rowians Anhänger um sich geschart.«

»Warum hast du nie etwas davon gesagt?«, fragte Rion aufgebracht. »Jonadin hätte das wissen müssen!«

Luana lächelte traurig. »Glaubst du, du bist der Einzige, der ihm einen Eid schwören musste? Er ist mein Partner. Alles bleibt in der Familie. Dir kann ich es sagen, aber keinem anderen Elfen.« Sie sah kurz zu Lea hinüber. »Dass ich jemals mit einem Menschen rede, konnte er sich wohl nicht vorstellen, sonst wäre ich jetzt tot.«

Luana seufzte schwer. »Er wird immer radikaler. Dass er nicht nur Lea etwas antun will, sondern auch allen anderen Helfern, habe ich erst vor kurzem erfahren. Ich wollte noch warten, bis der Rat wieder vollständig ist. Morgen werde ich ihm von Kiovans Plänen berichten und sterben.«

»Mutter!«, rief Rion fassungslos und nahm sie in seine Arme.

»Es ist in Ordnung, mein Sohn«, tröstete Luana ihn. »Das ist nicht dein Kampf. Ich bin die Partnerschaft mit Kiovan eingegangen, er hat mir einen wundervollen Sohn geschenkt und ich werde dafür sorgen, dass er aufgehalten wird. Dein Vater ist gefährlich.«

»Was du nicht sagst, Luana«, hörten sie plötzlich eine kalte Stimme.

Kapitel 22

Herr Heimann saß auf einem Stuhl vor seinem Quartier und starrte blicklos auf das Treiben im Dorf. Am frühen Morgen war Pierre Mouton vorbeigekommen und hatte ihn zum Frühstück eingeladen. Völlig überrumpelt hatte Herr Heimann angenommen und war dem Franzosen zu dessen Haus gefolgt. Es gab Kaffee, frisches Baguette, Marmeladen und Käse und während Herr Heimann seinen Hunger stillte, hatte Mouton in einem fort auf ihn eingeredet. Über Kunst, über die Faszination der Malerei und dass Mouton nur aus Liebe zu ihr die alten Meister kopiert hätte. Da er ja von etwas leben musste, wäre er gezwungen gewesen, einige seiner Werke zu verkaufen. Zwar als Originale, aber es hätte ja niemand gemerkt, dass es Fälschungen waren. Und die Leute, an die er seine Kunst verkauft hatte, waren so reich, dass ihnen der Betrug keinen großen Schaden zugefügt hatte.

Kommissar Heimann atmete tief durch. Vor dem Gesetz wäre selbst Robin Hood ein Verbrecher. Genauso wie Pierre Mouton. Und Herr Heimann hatte geschworen, Gesetzesbrecher aufzuspüren. Über die Schwere ihrer Schuld entschieden die Richter. Das war weder die Aufgabe der Betrogenen, noch des Betrügers, noch die von Herrn Heimann.

Auch über seine eigene Entführung durch die Familie Merten würde ein Richter entscheiden. Es war unleugbar ein Straftatbestand, ihn hierher zu bringen und festzuhalten. Obwohl …

Herr Heimann blinzelte ein paarmal. Er war nicht mehr gefangen, er konnte sich frei bewegen. Er wäre kein guter Polizist, wenn er diese Chance nicht nutzen würde, um zu fliehen. Entschlossen ging er ins Haus, vergewisserte sich, dass niemand zum Fenster hereinsah und legte seine Waffe an. Er zog das Jackett darüber und schlich sich unauffällig davon.

Zwei Stunden später lehnte er mitten im Wald an einem Baum und atmete schwer. Die ganze Zeit war er durch dichtes Unterholz gelaufen und nicht ein einziges Mal hatte ein Pfad oder gar eine Straße seinen Weg gekreuzt. Seine Kehle war trocken und er war nass geschwitzt. Er zog das Jackett aus, krempelte die Ärmel seines Hemdes hoch und ließ den Blick schweifen. Es war ein vergeblicher Versuch, sich zu orientieren. Der alte Mann gestern hatte Recht gehabt. Alles um ihn herum war grün und ein Baumstamm sah aus wie der andere. Er hatte sich im Wald verirrt.

Plötzlich hörte er leise Stimmen. Im ersten Moment war er erleichtert und wollte um Hilfe rufen, doch dann hielt er inne. Wer wusste schon, welche Gestalten sich in diesen Wäldern herumtrieben. Vorsichtig schlich Herr Heimann in die Richtung, aus der die Stimmen kamen. Nur wenig später lichtete sich der Wald und auf einer großen Wiese sah er die verschollen geglaubte Lea Huber. Sie war im Gespräch mit einer zierlichen Frau und einem Hünen, der Herrn Merten in nichts nachstand. Von hier aus konnte Herr Heimann jetzt auch verstehen, was sie sagten. Neugierig versteckte er sich hinter einem großen Baumstamm und lauschte.

Die Drei redeten über einen Verkehrsunfall, eine Hochzeit und stellten Mutmaßungen über den Brandanschlag an. Während er zuhörte, ließ er den Blick schweifen und entdeckte plötzlich ein paar Meter weiter einen anderen Mann, der die Drei ebenfalls belauschte. Er war gekleidet wie die Einwohner des Dorfes und hatte die gleichen spitzen Ohren wie die meisten dort. Seine langen blonden Haare waren zu einem Zopf zusammengebunden, auf seinem Rücken trug er einen Köcher mit Pfeilen und in einer seiner Hände hielt er einen großen Bogen. Die andere hatte er zur Faust geballt. Er wurde von Minute zu Minute wütender. Anders als Herr Heimann, der den Zusammenhang des Gesagten nicht verstand, schien dieser Mann genau zu wissen, worüber gesprochen wurde.

Herr Heimann beobachtete, wie der Mann aufstand und auf die Drei zuschlich. Die waren so im Gespräch vertieft, dass sie ihn nicht bemerkten und schraken zusammen, als er sie laut ansprach.

»Kiovan!«, rief die zierliche Frau erschrocken.

Auch Lea Huber wich zurück und der Hüne stellte sich schützend vor die beiden Frauen.

Blitzschnell griff der Mann nach einem Pfeil aus seinem Köcher, legte ihn an den Bogen und zielte auf die drei.

»Geh aus dem Weg, Sohn!«, knirschte der Angreifer und Herr Heimann riss überrascht die Augen auf.

»Vater, hör auf!«, entgegnete der Mann ruhig, doch man konnte die Anspannung in seiner Stimme hören.

»Deine Mutter hat ihren Tod vorgetäuscht, sie hat mich hintergangen und jetzt will sie meine Pläne sabotieren! Sie hat den Tod verdient, also geh zur Seite!«

Ein Familiendrama, dachte Kommissar Heimann besorgt. In all seinen Dienstjahren hatte er Dutzende Morde im familiären Umfeld aufgeklärt und wusste, wie schnell so eine Situation eskalieren konnte. Geräuschlos öffnete er das Halfter seiner Waffe und zog sie hervor.

»Vater, zwing mich nicht, gegen dich zu kämpfen«, bat der Sohn, drehte seine Handflächen nach oben und in jeder tanzte eine kleine Flamme, die von Sekunde zu Sekunde größer wurde.

Fassungslos starrte der Kommissar aus seinem Versteck heraus auf das Feuer, das der Mann mit leicht kreisenden Bewegungen seiner Hände zum Wirbeln brachte. Im nächsten Moment balancierte er zwei fußballgroße Feuerkreisel in der Luft.

»Das wagst du nicht«, zischte der Angreifer, zog ruckartig die Sehne seines Bogens straff und schoss.

Er traf den Hünen ins Bein, der schrie auf, strauchelte und stürzte zu Boden. Die Feuerbälle verglühten in der Luft und schwarze Asche wurde vom Wind davongetragen.

»Kiovan!«, rief die zierliche Frau entsetzt und sie und Frau Huber versuchten, Rion aufzuhelfen.

In der Zwischenzeit hatte der Angreifer einen weiteren Pfeil angelegt und zielte nun blitzschnell auf seine Frau.

Herr Heimann überlegte nicht lange. Er entsicherte seine Waffe und stürzte auf die Lichtung.

»Polizei!«, rief er laut und hielt die Pistole auf den Angreifer gerichtet. »Nehmen Sie die Waffe runter und legen Sie die Hände hinter den Kopf!«

Der Bogenschütze blickte überrascht zu ihm herüber. Mit einem schnellen Seitenblick sah Herr Heimann, dass der angeschossene Mann die Ablenkung genutzt hatte, um sich aufzurichten. Er hatte sich den Pfeil aus dem Bein gezogen und stellte sich wieder schützend vor die beiden Frauen. In seinen Händen tanzten Feuerbälle.

»Legen Sie den Bogen nieder oder ich schieße!«, forderte der Kommissar nervös und gab einen Warnschuss in die Luft ab.

Die beiden Frauen zuckten zusammen, der Bogenschütze jedoch stieß ein hämisches Lachen aus.

»Du armseliger Mensch«, knurrte er. Er schenkte dem Kommissar nur einen kurzen Seitenblick und spannte erneut seinen Bogen. »Was kannst du schon ausrichten!«

Der Kommissar wollte gerade etwas erwidern, als er hinter sich ein kehliges, röhrendes Knurren hörte. Im Augenwinkel sah er einen dunklen Schatten heranpreschen. Er galoppierte knapp an Herrn Heimann vorbei, streifte ihn und ein zweiter Schuss löste sich aus seiner Waffe.

Der Angreifer ließ den Bogen sinken, starrte ungläubig zum Kommissar hinüber und sank zu Boden. Der Schatten entpuppte sich als riesiger Hirsch mit einem monströsen Geweih. Er hatte sich vor die drei anderen gestellt, scharrte mit den Hufen und schnaubte aufgeregt.

Die zierliche Frau versuchte das Tier zu beruhigen, Frau Huber hatte die Hand vor den Mund geschlagen und der andere Mann starrte fassungslos auf das Geschehen.

Herr Heimann sah wieder zu dem am Boden liegenden Mann. Die Waffe im Anschlag, eilte er auf ihn zu, genauso wie der Hüne mit den Feuerhänden.

Gleichzeitig kamen sie bei Kiovan an.

Rion ließ das Feuer in seinen Händen erlöschen. Ein Blick auf seinen Vater reichte, um Gewissheit zu haben. Kiovan war tot. Die Kugel hatte ihn direkt ins Herz getroffen.

»Verdammter Mist«, fluchte der Kommissar, steckte seine Waffe weg und ging neben Kiovan auf die Knie.

»Rufen sie den Rettungswagen!«, schrie er Rion an und versuchte, mit einer Herzmassage Leben in Kiovans toten Leib zu pumpen.

Als der Kommissar kurz aufblickte, hatte sich Rion keinen Meter bewegt. Er hatte die Arme vor der Brust verschränkt. Neben ihm standen Lea und Luana.

»Stehen Sie nicht so herum!«, flehte Herr Heimann panisch. »Tun Sie doch was! Er stirbt!«

»Er ist tot«, erklärte Luana leise.

»Nein, nein«, widersprach der Kommissar, nahm jedoch die Hände von Kiovan und sank zurück auf seine Fersen. »Ich habe doch auf seine Beine gezielt«, murmelte er fassungslos. »In meinen ganzen Dienstjahren habe ich noch nie jemanden erschossen. Er darf nicht tot sein!«

»Es ist nicht schlimm«, beruhigte Luana ihn, ging um den Leichnam herum und half Herrn Heimann hoch.

»Nicht schlimm?«, stammelte der Kommissar entsetzt.

»Er hat es verdient«, erklärte sie. »Und jetzt halten Sie bitte etwas Abstand, sonst verletzt er sie noch in seinen letzten Sekunden auf Mutter Erde.«

Willenlos ließ sich der Kommissar von Luana einen Schritt zurückführen und starrte benommen auf den Toten.

»Ich nehme Abschied von meinem Mann Kiovan, der mir das Leben schwer gemacht und einen wundervollen Sohn geschenkt hat«, sagte Luana feierlich.

»Ich nehme Abschied von meinem Vater Kiovan, der meine Kindheit zu einem Alptraum gemacht und mir die Magie des Feuers vererbt hat.«

»Ich nehme Abschied von Kiovan, der mir nach dem Leben trachtete und seinen Sohn in meine Arme geführt hat.«

Herr Heimann schluckte und blickte unsicher auf die Anwesenden, die ihn auffordernd ansahen.

Er räusperte sich und straffte die Schultern. »Ich nehme Abschied von … ähm … Kiovan.«

Luana und Rion nickten ihm zu und sahen wieder auf den Toten. Der Kommissar folgte ihrem Blick und ihm stockte der Atem.

Kiovans Leichnam schien plötzlich ein paar Zentimeter über dem Boden zu schweben. Winzige goldene Funken bildeten sich in der Luft und umschwirrten ihn wie tanzende Irrlichter. Sie zogen ihre Kreise um den Körper, wurden mehr und schneller und bald konnte man Kiovan inmitten all der kleinen Lichter kaum noch erkennen. Dann, mit einem Mal, loderte eine riesige Flamme auf. Herr Heimann zuckte zusammen. In Erwartung des widerlichen Geruchs von verbranntem Menschenfleisch hielt er seinen Ärmel vor die Nase. Doch er roch nichts. Das Feuer glühte blau. Ein Hinweis auf besondere Hitze, doch die strahlte nicht auf die Anwesenden aus.

Nur wenig später wurde die Flamme kleiner, schwebte einen Meter über dem Boden und stieg dann hinauf in den Himmel. Alle sahen ihr hinterher, bis sie in den Wolken verschwand.

Kapitel 23

»Herr Heiiiiimann!«, rief Cordelius und wanderte gemächlich durch den Wald. »Wo siiiiind Sie?«

»Er ist hier«, hörte er eine Antwort und ging in die Richtung, aus der er die Stimme vernommen hatte.

Kurz darauf erreichte er eine Lichtung und sah dort den Kommissar in Gesellschaft von Rion, Lea und einer weiteren Person.

»Luana?«, rief er ungläubig, als er näher kam und die Elfe erkannte.

Luana beugte ehrfürchtig vor Cordelius das Knie und senkte den Kopf. »Cordelius, Mitglied des Rates, ich freue mich, dich zu sehen.«

»Der Segen der Alten ist mit dir«, erwiderte Cordelius verblüfft und legte eine Hand auf Luanas Schulter. »Ich bin überglücklich, dass du noch unter uns weilst. Was ist geschehen?«

»Das ist eine lange Geschichte, Cordelius«, sagte Rion. »Wir sollten zurück nach Erigan und den Rat einberufen.«

Cordelius blickte verwundert von einem zum anderen und dann auf die Stelle, um die sie herum standen. Der Geruch von Asche lag in der Luft und das Gras war niedergedrückt, als hätte dort gerade noch jemand gelegen.

»Wer ist zu Mutter Erde gegangen?«, fragte Cordelius betroffen.

»Mein Vater«, erklärte Rion emotionslos. »Wir sollten diesen Ort jetzt verlassen.«

Schweigend machten sie sich auf den Rückweg nach Erigan. Während Lea den Kommissar zurück zu seiner Unterkunft begleitete, gingen Cordelius und Luana zu Jonadin und Rion begab sich auf die Suche nach Barin.

Da es in der Ratshöhle von Elfen wimmelte, die letzte Vorbereitungen für die Feier am Abend erledigten, trafen sie sich in Jonadins Hütte.

Fassungslos starrte Jonadin seine Schwägerin an. Er war froh, dass Luana am Leben war und gleichzeitig traurig über den Tod seines Bruders. Auch dass mit seinem Tod ein weiteres Tor für immer verloren war, schmerzte wie eine schwelende Wunde. Als Luana dem Rat alles berichtet hatte, schüttelte er ungläubig den Kopf. Er brauchte einen Moment, um einen klaren Gedanken zu fassen.

»Einige Elfen haben Freunde unter den Menschen, vielen ist das andere Volk egal, doch immer mehr fühlen sich von ihnen bedroht. Kiovan war derjenige, der ihnen eine Stimme gegeben hat. Vielleicht haben wir der Sorge und der Angst dieser Elfen in den letzten Jahren nicht genug Beachtung geschenkt?«, vermutete er laut.

»Vielleicht war es auch keine gute Idee, unser Volk aufzufordern, durch ein Tor zu gehen, um den Bann zu brechen?«, warf Barin ein.

»Nein«, widersprach Cordelius. »Wir werden immer weniger, die Menschen immer mehr und es ist unausweichlich, dass uns der Bann irgendwann nicht mehr schützen kann. Wir müssen unser Volk besser aufklären. Auf den ersten Blick sind sich unsere Völker ähnlich, aber die Unterschiede reichen bis tief in unsere Seelen.«

»Die Menschen schänden Mutter Erde«, sagte Luana. »Das kann niemand gutheißen.«

Jonadin nickte. »Aber weißt du auch, warum sie es tun?«

Luana sah ihn verwundert an. »Sie brauchen keinen Grund dafür.«

»Doch, meine Liebe«, widersprach Cordelius lächelnd. »Unser Volk lebt in den Tag hinein. Das Gestern und Morgen interessiert uns nicht, da wir uns darüber keine Gedanken machen müssen. Mutter Erde gibt uns, was wir brauchen und wir haben unsere Magie. Bei den Menschen ist das anders.«

»Sie schreiben auf, was in der Vergangenheit passiert ist und planen für die Zukunft«, warf Jonadin ein. »Jahrhundertelang wurde die Menschheit von Seuchen und Krankheiten heimgesucht. Sie führten endlose Kriege um fruchtbares Land und Reichtümer. Und sie starben jung. Noch vor hundert Jahren wurden sie kaum älter als Fünfzig.«

Luana riss überrascht die Augen auf. »Sie sterben so jung?«

»Deswegen haben sie so wenig Zeit, um die Zukunft für die nächste Generation zu sichern. Sie tun alles, damit ihre Söhne und Töchter es einmal besser haben. Keine Not leiden, nicht in den Krieg müssen und gesund bleiben.«

»Sie sind immer getrieben und in Eile«, mischte sich Barin ein. »Und weil ihnen die Zeit davonläuft, treffen sie oft falsche Entscheidungen. Sie graben sich ins Herz von Mutter Erde, um Brennstoffe daraus zu ernten, die ihre Häuser im Winter warm halten. Dabei zerstören sie den Boden, der ihren Enkeln Nahrung schenken könnte.«

»Kiovan sagte, wir wären ohne sie besser dran«, murmelte Luana leise.

»Die Menschen sind genauso Kinder von Mutter Erde wie wir«, entgegnete Jonadin. »Es wäre vermessen zu behaupten, wir wären ihr lieber. Niemand kann sagen, was das Schicksal bringt. Doch ganz sicher tut Mutter Erde nichts ohne Grund. Dem Volk der Menschen hat sie das gegeben, was sie uns verwehrt hat.«

»Und das wäre?«, brummte Rion skeptisch.

»Sie sind erfinderisch und kreativ, weil ihnen die Magie fehlt«, antwortete Cordelius. »Sieh dir an, welche gigantischen Bauten sie erschaffen. Oder wie sie die weitesten Entfernungen schneller überwinden können, als wir. Und ich muss zugeben, ich mag ihre kleinen Telefone.«

»Sie sind kämpferisch, leidensfähig und entschlossen«, fügte Jonadin hinzu. »Eigenschaften, die unsere Beschützer haben, aber die Mehrheit des Volkes besitzt sie nicht.«

Luana seufzte. »Hast du so jemals mit Kiovan darüber gesprochen?«

Jonadin nickte traurig. »Wir haben oft diskutiert, aber er war meinen Argumenten gegenüber verschlossen. Nichts was ich sagte, hat ihn erreicht. Als läge ein Bann auf ihm, der ihn blind machte für die Wahrheit.«

»Ich glaube, viele seiner Anhänger sind nicht so blind«, überlegte Luana.

»Wir werden mit ihnen sprechen«, entschied Cordelius. »Mit jedem Einzelnen, Auge in Auge und mit Ruhe und Nachsicht.«

Er stand auf und breitete die Arme aus. »Rion, ich möchte dich bitten, jetzt zu gehen. Der Rat möchte noch ein paar Worte mit Luana allein sprechen. Und wir haben uns noch nicht auf ein neues Mitglied geeinigt. Die Entscheidung muss in der nächsten Stunde getroffen werden. Seid ihr heute Abend bei der Zeremonie dabei, oder trauert ihr um Kiovan?«

»Ich bleibe bei Lea«, antwortete Rion.

Luana straffte die Schultern. »Ich werde da sein.«

»Und jetzt?«, fragte Barin, nachdem Rion gegangen war.

Jonadin schnaubte und strich sich seine langen Haare aus dem Gesicht.

»Ich weiß es nicht«, gestand er ratlos. »Wir müssen ein Zeichen setzen. Das neue Ratsmitglied darf nicht mit den Menschen verbunden sein. Alle, die nicht wagen, sich mit ihren Ängsten und Bedenken an uns zu wenden, sollen ihm vertrauen können. Ein Beschützer kommt nicht in Frage. Alle arbeiten eng mit den menschlichen Helfern zusammen. Andererseits muss das neue Mitglied auch unser Vertrauen haben. Wir wollen keinen zweiten Rowian, der im Verborgenen das Volk ins Verderben führt. Was für ein Dilemma.«

»Was grinst du denn so, Cordelius?«, fragte Barin skeptisch.

Der Älteste der Elfen schmunzelte.

»Ich glaube, ich habe eine Idee«, murmelte er und zwinkerte Luana zu.

Kapitel 24

Kommissar Heimann saß vor dem Haus und sah hinauf in den Himmel. Tausend Sterne leuchteten am Firmament und der Mond warf sein Licht auf Erigan. Vom Dorfplatz aus schallten Musik und Stimmen leise zu ihm herüber. Ein paar Häuser weiter sah er Lea Huber auf der Terrasse stehen. Ihr Hüne von einem Freund stand hinter ihr, hatte die Arme um sie geschlungen und beide schauten den feiernden Elfen aus der Ferne zu. Die zwei waren heute anscheinend nicht ins Dorf gegangen, um an der Zeremonie teilzunehmen. Herrn Heimann hatte man nicht eingeladen, dabei zu sein. Ihm war auch nicht nach Feiern zu Mute.

Er hatte einen Mann erschossen.

In all seinen Dienstjahren hatte er genau fünfzehn Mal seine Waffe ziehen müssen, er hatte neun Warnschüsse abgegeben und nur zwei Mal hatte er einem fliehenden Verbrecher ins Bein geschossen.

Herr Heimann blickte zur Seite und sah am Waldrand diesen riesigen Hirsch grasen. Der Kommissar erinnerte sich, dass dieses Tier ihn angerempelt und sich deshalb der Schuss gelöst hatte. Doch sein Finger war am Abzug gewesen. Es würde eine interne Ermittlung geben.

Kommissar Heimann lachte freudlos. Keine Leiche, keine Beweise, keine Ermittlung. Die Interne würde von diesem Todesfall nie etwas erfahren. Sie ahnte ja nicht einmal, dass es eine zweite Welt gab. Er trank einen Schluck Bier aus einem Tonkrug und wischte sich mit dem Ärmel über den Mund. Mouton hatte ihm vorhin Essen und Trinken gebracht. Dieses Mal hatte der Franzose kein Wort gesagt. Er hatte dem Kommissar nur verständnisvoll zugenickt und ihn wieder allein gelassen. Als verstünde er nur zu gut, was in Herrn Heimann vorging. Sein Verstand weigerte sich zu glauben, was seine Augen gesehen hatten.

Der Kommissar blickte zum Dorfplatz hinüber und bemerkte eine zierliche Frau, die auf ihn zuging. Es war die Elfe, die er heute zur Witwe gemacht hatte.

Doch wirklich zu trauern schien sie nicht. Statt des dunklen Umhangs trug sie ein weichfließendes helles Wildlederkleid, das an den Nähten dezent mit grünen Efeublättern bestickt war. Ihre langen blonden Haare hatte sie nach hinten gebunden und in eine Strähne waren dunkelblaue Vergissmeinnicht eingeflochten.

Mit stolz erhobenem Kopf ging sie auf Herrn Heimann zu. Instinktiv stand der Kommissar auf und richtete den Kragen seines Hemdes. Die Frau war mindestens einen Kopf kleiner als er, doch er hatte das Gefühl, eine große Königin wäre auf dem Weg zu ihm.

In gebührendem Abstand blieb sie vor ihm stehen und musterte ihn.

»Guten Abend«, begrüßte sie ihn und ihre Stimme klang kraftvoll und entschlossen. »Mein Name ist Luana. Ich bin Mitglied im Rat der Elfen.«

»Martin Heimann«, erwiderte der Kommissar und nickte ihr zu.

»Ich hasse die Menschen nicht«, erklärte sie und Herr Heimann runzelte verwirrt die Stirn. »Ich hasse nur ihre Unfähigkeit, im Einklang mit Mutter Erde zu leben.«

Ihr prüfender Blick war dem Kommissar unangenehm. Er hatte keine Ahnung, was die Frau von ihm erwartete. Vielleicht eine Entschuldigung?

»Wir werden niemals Freunde sein«, fuhr sie fort. »Aber ich respektiere Sie. Und ich möchte Ihnen danken.«

»Dafür, dass ich Ihren Mann umgebracht habe?«, fragte Herr Heimann verblüfft.

»Nein.« Luana holte tief Luft und sah dem Kommissar fest in die Augen. »Ich danke Ihnen, dass Sie meinem Sohn diese Bürde abgenommen haben.«

Herr Heimann schluckte. Er hatte das Gefühl, die Frau würde ihm bis auf die Seele blicken. Eine übernatürliche Macht schien von ihr auszugehen, und Herr Heimann fühlte sich plötzlich klein, winzig und unbedeutend. So vieles war in den letzten Tagen geschehen, was er sich nicht erklären konnte. Doch das war nichts im Vergleich zu dem, was er in den Augen dieser Frau sah. Die Existenz der zweiten Welt schien hier eine wortlose Erklärung zu finden. Die Gemeinsamkeiten, die Unterschiede, das Unglaubliche und die Magie.

Herr Heimann schluckte, legte eine Hand auf sein Herz und verbeugte sich tief vor Luana.

»Es war mir eine Ehre.«

Ende

Ich hoffe, die Geschichte hat dir gefallen!
Mehr über mich und meine Bücher findest du auf
www.in2welten.de

Weitere Bücher aus dieser Reihe

In zwei Welten – Erste Begegnung
In zwei Welten – Der dunkle Elf
In zwei Welten – Elfengold
In zwei Welten – Der verlorene Elf
In zwei Welten – Elfenherz

Weitere Romane von mir

Magische Gezeiten – Das Geschenk
Magische Gezeiten – Der Verrat
Magische Gezeiten – Die Jagd (Sommer 2020)

Andersjahr - Drachenwinter
Andersjahr - Novembergeist

Alle Romane sind in sich abgeschlossen und
können auch unabhängig voneinander gelesen
werden.

MAGISCHE GEZEITEN „Der Verrat"

Von seiner Frau verraten, sinnt Jesko auf Rache und jagt sie und ihre Brüder quer durch das Land. Nur in Sendor, einem kleinen Divergentendorf, findet er Ruhe und Kraft für seine Mission.
Von ihrem Mann verraten, wird Anna verbannt und muss außerhalb der sicheren Stadtfestung der Menschen um ihr Leben fürchten. Ihre Tante Swingard, oberste Hexe in Sendor, bittet Jesko Anna zu finden und sie zu ihr zu bringen.

In einer Nacht voller Magie in der nichts mehr real erscheint, sehen sich Jesko und Anna wieder und das Schicksal verbindet sie untrennbar miteinander. Jesko hat Anna das Leben gerettet, doch er stiehlt ihr Herz.

Leseprobe

… Ich kann mich nicht mehr daran erinnern, wie Tante Swingard mich letztendlich überredet hat. Auf jeden Fall lief ich bei Sonnenuntergang mit ihr und dreißig anderen Frauen die Straße entlang. Wir trugen fließende weiße Kleider, hielten in jeder Hand eine Fackel und gingen barfuß Schritt für Schritt, bis wir eine große Wiese am Rande des Dorfes erreicht hatten.

»Lass dich einfach mitreißen«, hatte Tante Swingard gesagt, doch ich kam mir total dämlich vor.

Die Frauen, und ich gezwungener Maßen mit ihnen, bildeten einen großen Kreis in der Mitte der Wiese. Das Gras kitzelte unter meinen Fußsohlen und ein paar kleine Steine bohrten sich schmerzhaft in die Ballen. Ich war noch nie ohne Schuhe gelaufen.

Höchstens in meiner Wohnung vom Bad bis ins Schlafzimmer.

Die Frauen begannen jetzt zu singen und hoben im langsamen Rhythmus abwechselnd die Fackeln in die Höhe. Die Choreographie kannte ich nicht und meine Bewegungen stolperten den anderen hinterher.

»Denk nicht nach, lass dich treiben«, hatte Tante Swingard gesagt, doch mir brach der Schweiß aus.

Ich erinnerte mich an die Blamage bei meiner Jazzdance Gruppe. Rechts und links waren noch nie meine Freunde gewesen.

In mir steckt gar nichts, dachte ich traurig und hob mit den anderen im Gleichklang die Fackeln zum Himmel empor.

Ich werde hier nie ein neues Leben beginnen können.

Ich setzte einen Fuß vor den anderen und drehte mich um meine eigene Achse.

Merkwürdigerweise kam mir die Musik irgendwie vertraut vor. Leise summte ich mit, hakte mich dann bei meiner Tante ein und drehte mich mit ihr zusammen.

Wie von selbst formte sich der Text des Liedes plötzlich auf meinen Lippen. Ich sang mit den Frauen, achtete nicht auf meine Schritte und tanzte mit ihnen. Der erst leise Gesang wurde lauter und lauter. Unsere Bewegungen schneller, wir drehten uns miteinander, um uns selbst, tanzten vor und wieder zurück, hielten die Fackeln mal zur Seite, mal nach oben. Ich fühlte mich nicht mehr allein, sondern als Teil eines wunderbaren, magischen Aktes.

Mittlerweile standen die restlichen Dorfbewohner um uns herum, doch das nahm ich nur am Rande wahr. Sie schlugen Trommeln, spielten Instrumente und wir tanzten, als würden die Welt und der Augenblick allein uns gehören.

Abseits von den anderen, an einen großen Baum gelehnt, bemerkte ich plötzlich Jesko. Ich drehte mich weiter, tanzte wie noch nie in meinem Leben und immer wieder sah ich zu ihm hinüber. Die Sonne versank am Horizont, der Himmel glühte und unser Tanz wurde langsamer. Mit andächtigen Schritten gingen wir Frauen aufeinander zu, hielten noch einmal die Fackeln hoch und legten sie dann auf den Boden. Es war ein wunderschönes Bild. Ein brennender Kreis und die Flammen züngelten sternförmig über die Griffe der Fackeln. Die Musik verklang und ein Teil der Magie unseres Tanzes erlosch, wie das Feuer auf dem Rasen. Tante Swingard und die Frauen lachten ausgelassen und gingen zusammen mit den anderen zurück zum Marktplatz.

»Kommst du, Anna?«, fragte sie, als sie an mir vorbeiging.

»Ich komme gleich nach«, versprach ich.

Keine Ahnung, warum ich ihr nicht sagte, dass ich noch zu Jesko wollte. Alle verließen die Wiese, nur er lehnte immer noch mit dem Rücken an dem Baum, die Hände in den Hosentaschen vergraben.

Langsam ging ich auf ihn zu, doch er rührte sich nicht. Den ganzen Weg zu ihm, hielt mich sein Blick gefangen. Endlich stand ich vor ihm und sah zu ihm auf.

Ich wollte ihm sagen, wie dankbar ich war, dass er mich unversehrt zu meiner Tante gebracht hatte. Wie leid es mir tat, dass ich durch mein lautes Rufen offenbar seinen blauen Schutzzauber zerstört und er jetzt zwei Leben auf dem Gewissen hatte. Aber ich brachte keinen Ton heraus. Wie gebannt sah ich in seine dunklen Augen und trat noch näher. Es fühlte sich an, als würde die Zeit stillstehen. Alles kam mir so unwirklich vor. Ich war in der Stadtfestung aufgewachsen, hatte nur unter Menschen gelebt, mit ihnen gearbeitet, gefeiert und gelacht. Über die Jahrzehnte waren unsere Siedlungen immer wieder vergrößert und perfektioniert worden. Es gab Grünanlagen und Sportstätten, Restaurants, Bars und Kinos. Wir lebten dort nicht schlecht, aber vor allem waren wir dort sicher vor der Magie. Denn kein Divergent würde je unbemerkt die gesicherten Mauern überwinden können. Von unseren hohen

Häusern aus konnten wir über die Festungsmauern die Outbacks sehen, die wilde und ungezähmte Natur. Nie wäre mir in den Sinn gekommen, dort hinzugehen. Wir genossen den Anblick dieses fremden Landes aus sicherer Entfernung. Doch jetzt war ich hier.

Ich war durch den Wald geflohen, hatte mit Hexen getanzt und stand nun allein auf einer Wiese mit einem Mann, vor dem meine Mutter mich sicher gewarnt hätte.

Ich wusste nicht, welche Art Divergent Jesko war, aber die Magie in ihm konnte ich deutlich spüren. Beim Anblick eines solchen Mannes hätte ich vorgestern noch die Straßenseite gewechselt. Mit seinen dunklen Augen, dem Vollbart und seinen langen Haaren wirkte er bedrohlich und gefährlich.

Er hatte auf brutalste Weise zwei Menschen ermordet und für mich hatte er nicht ein freundliches Wort übrig gehabt. Sein Blick hielt meinen gefangen und die Dunkelheit in seinen Augen verflog. Obwohl ich rein gar nichts von ihm wusste, glaubte ich mit einem Mal, ihn schon ewig zu kennen. Seine Größe und Stärke gaben mir ein sicheres Gefühl und irgendetwas in mir fühlte sich magisch zu ihm hingezogen. Instinktiv hob ich meine Hand und legte sie an seine Wange. Die Wärme seiner Haut drang durch meine Finger, lief wie eine Welle meinen Arm entlang, rann durch meinen ganzen Körper und in meinem Herzen erglühte ein Funke. Er gehört zu mir. Dieser Gedanke formte sich in meinem Kopf, wurde klarer und schließlich zur Gewissheit.

Und statt schreiend davonzulaufen, beugte ich mich vor und gab ihm einen Kuss auf den Mund.

Jesko zog ungläubig eine Augenbraue hoch, sagte aber kein Wort. Ich konnte mich nicht rühren, er wollte es wohl nicht. Nach einer gefühlten Ewigkeit zog er seine Hände aus den Hosentaschen, legte sie an meine Wangen und küsste mich zurück. Nicht sanft, nicht zärtlich, sondern leidenschaftlich und gierig. Seine Zunge eroberte meinen Mund, seine Hände wanderten über den Rücken zu meinem Hintern und er drückte mich an sich. Ich schlang meine Arme um seinen Hals und erwiderte seinen Kuss. Ich wollte ihn, brauchte ihn plötzlich, wie die Luft zum Atmen. Seine Hände streiften die weiten Ärmel meines Kleides über die Schultern und im nächsten Moment bauschte sich der weiße Stoff um meine Füße. Er murmelte leise ein Wort, das ich nicht verstand, und BH und Höschen gesellten sich dazu. Splitternackt stand ich vor ihm und er sah mich einfach nur an. Wie eine sanfte Berührung strich sein Blick über meinen Körper.

Langsam zog er sein Shirt aus und ich starrte auf seinen beeindruckenden Oberkörper. Er nahm meine Hand und legte sie auf seine Brust. Seine Haut war warm und erstaunlich weich, darunter jedoch spürte ich deutlich die Kraft, die in ihm steckte. Ich streichelte ihn, während er seine Hose öffnete und sie über seine muskulösen Schenkel zu Boden glitt. Ich blickte an ihm herab und ein leidenschaftlicher Seufzer entfuhr mir.

Jesko lächelte kurz und küsste mich wieder. Ich glaube, dieses kleine Lächeln hatte mir den Rest gegeben. Ich wollte ihn so sehr, wie nichts zuvor in meinem Leben. Seine Hände spürte ich plötzlich überall. Sein Kuss war fordernd und ich wollte einfach nicht widerstehen. Langsam sanken wir ins Gras. Er rollte sich auf mich und drängte sich zwischen meine Beine. Bereitwillig öffnete ich mich für ihn und schon im nächsten Moment drang er in mich ein. Jesko biss sanft in mein Kinn, leckte aufreizend über meinen Hals und wieder und wieder stieß er tief in mich hinein. Niemals zuvor fühlte ich mich so gewollt und begehrt. Es war, als wäre ich erst mit ihm in mir vollständig. Meine Lust schwoll an, ich stöhnte und auch Jesko keuchte vor Erregung. Er trieb mich höher und weiter als jeder Mann vor ihm und plötzlich zersprang meine Welt.

Mein ganzer Körper pulsierte, Wellen der Erlösung breiteten sich in meinem Innern aus, doch Jesko hörte nicht auf. Erst als die letzte Welle der Leidenschaft in mir verebbte, bäumte er sich laut stöhnend auf. Dann neigte er den Kopf und rieb sanft seine bärtige Wange an meiner. Er küsste mich, sah mir in die Augen und lächelte.

Es war das triumphierende Lächeln eines Mannes, der einer Frau gegeben hatte, was sie wollte. Er lächelte mit Recht.

Langsam glitt er aus mir heraus und küsste mich noch einmal leicht auf den Mund. Schweigend zog er sich an, sah ein letztes Mal auf mich herab und verschwand.

Eine gefühlte Ewigkeit blieb ich nackt auf der Wiese liegen und starrte in den Sternenhimmel. Ich fühlte den Wind auf meiner Haut und hörte die Geräusche der Nacht. Es fiel mir schwer zu glauben, was gerade passiert war. Wir hatten nicht ein Wort miteinander gesprochen, aber wir hatten uns geliebt, wie ich es noch nie zuvor erlebt hatte.

Irgendwann stand ich auf, zog mich an und ging allein zurück zum Haus meiner Tante.

Und – wie bei Fantasy-Romanen nicht anders zu erwarten – ist alles nur erfunden und Ähnlichkeiten mit Orten oder lebenden Personen rein zufällig …

Oder?